柿木伸之
Nobuyuki Kakigi

ヴァルター・ベンヤミン

——闇を歩く批評

岩波新書
1797

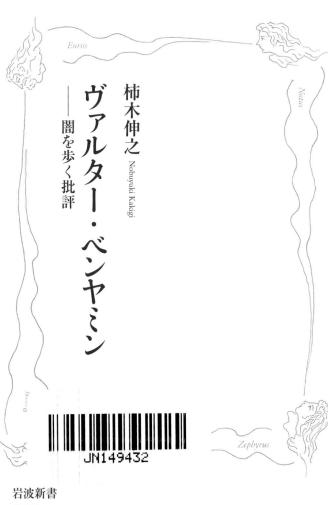

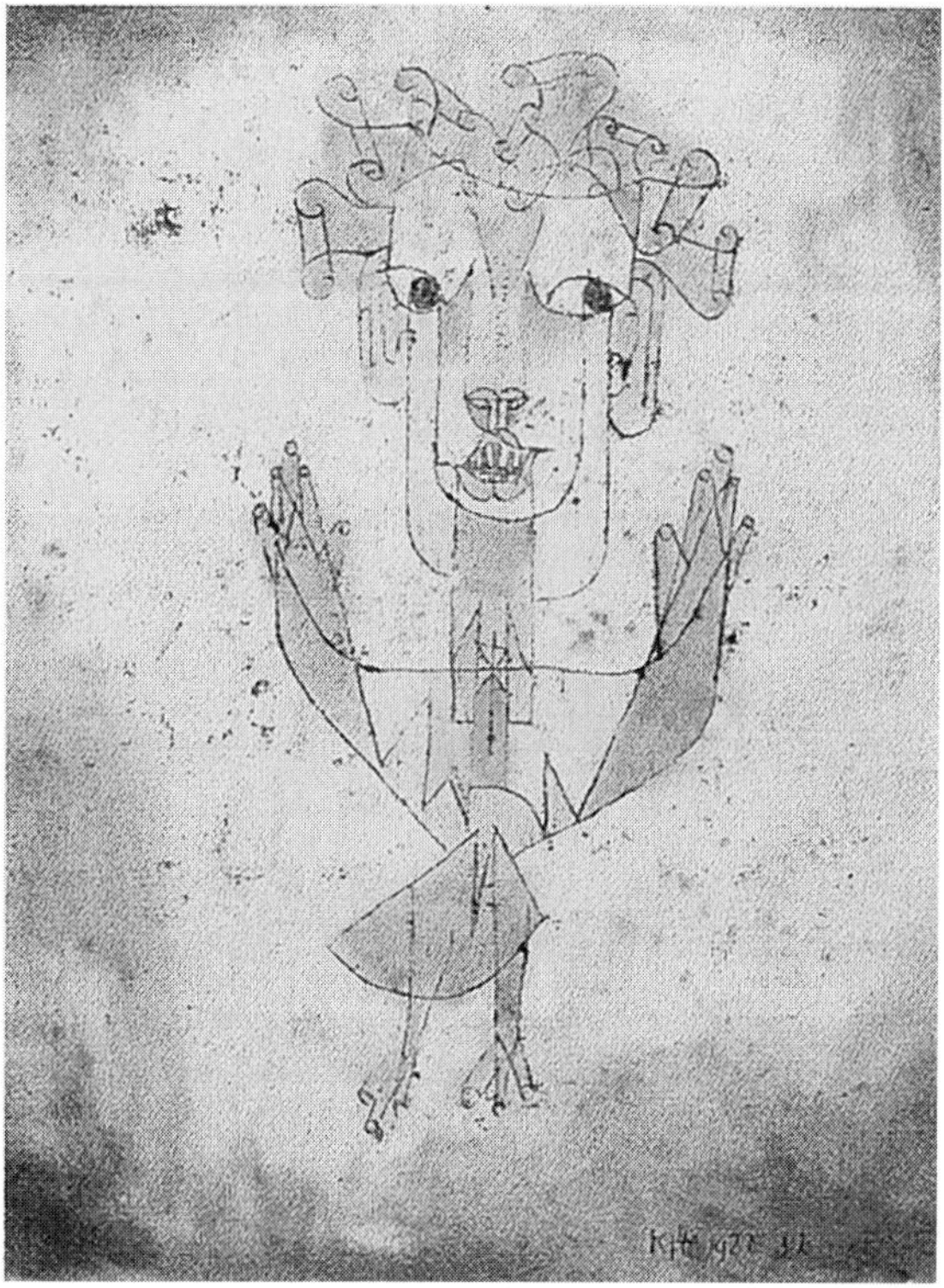

パウル・クレー《新しい天使》(1920年/イスラエル博物館所蔵)

「新しい天使」と題されたクレーの絵がある。そこには一人の天使が描かれていて、その姿は、じっと見つめている何かから今にも遠ざかろうとしているかのようだ。その眼はかっと開き、口は開いていて、翼は広げられている。歴史の天使は、このような姿をしているにちがいない。彼は顔を過去へ向けている。私たちには出来事の連鎖が見えるところに、彼はひたすら破局だけを見るのだ。その破局は、瓦礫の上に瓦礫をひっきりなしに積み重ね、それを彼の足元に投げつけている。彼はきっと、なろうことならそこに留まり、死者たちを目覚めさせ、破壊されたものを寄せ集めて繋ぎ合わせたいのだろう。だが、楽園からは嵐が吹きつけていて、その風が彼の翼に孕まれている。しかも、嵐のあまりの激しさに、天使はもう翼を閉じることができない。この嵐が彼を、彼が背を向けている未来へと抗いがたく追い立てていき、そのあいだにも彼の眼の前では、瓦礫が積み上がって天にも届かんばかりだ。私たちが進歩と呼んでいるのは、この嵐である。

「歴史の概念について」

目　次

プロローグ——批評とその分身

早い時期に私は、実は雲《ヴォルケ》だった言葉《ヴォルテ》に身を包み、雲隠れする術を体得していた。そもそも類似を認める才覚とは、似たものになり、似せて振る舞うことを強いた太古の力の微《かす》かな残滓にほかならない。私にそれを強いたのは、言葉だった。模範的な子どもに似せてくれる言葉ではなく、住居や家具、あるいは衣服に似たものにする言葉だった。私は、身の回りにあったあらゆるものに似ることによって、歪んでしまっていた。貝殻を住み処とする軟体動物さながら、私は十九世紀に棲んでいた。今やこの世紀も、空っぽの貝殻のように虚ろな姿を、私の前で晒《さら》している。

『一九〇〇年頃のベルリンの幼年時代』

第一節　せむしの小人とともに

せむしの小人に付きまとわれて

幼い頃に地下室の天窓をのぞく悪習が身についてからというもの、ヴァルター・ベンヤミンは、せむしの小人に取り憑《つ》かれてしまったのかもしれない。

幼少期への追想が綴《つづ》られた『一九〇〇年頃のベルリンの幼年時代』によると、子守役の女性《フロイライン》に連れられての散歩の途中で、小さなヴァルターは、道端に天窓を見つけるたびに足を止めていた。鉄格子の隙間から下をのぞき込んでは、地下室の様子をうかがっていたのだ。暗がりの先に何も見えなかった日の夜には、夢のなかで地下室の奥から見返されて慄《おのの》いたという。

四十歳を過ぎたベンヤミンが、この闇からの眼差しの主はせむしの小人だったと悟ったとき、彼の念頭にあったのは、ロマン主義の詩人クレメンス・ブレンターノとアヒム・フォン・アルニムが編んだ童謡集『少年の魔法の角笛』に登場する小人である。この「地の精《グノーム》」は、詩の語り手の行く先々に待ちかまえては企図を阻んでしまう。「スープでもこしらえようと／炊事場へ行ってみたら、／せむしの小人が立っていて、／お鍋を壊してしまっていた」。

不首尾の精とも言うべきせむしの小人。これが古謡の世界から出て来て、幼かった自分をずっと見つめていたのではないか。夏の別荘の庭で蝶を追いかけていたときにも、動物園で川獺《かわうそ》が姿を現わすのを虚しく待ち続けていたあいだも。あるいは暖炉の焔を見つめながら、もう少しベッドにいたいと願った冬の朝にも。

「せむしの小人」と題された『一九〇〇年頃のベルリンの幼年時代』の一章でこう自問するベンヤミンにしても、この精の呪縛から逃れられているわけではない。彼は、冬の朝のことを綴った別の章の末尾で、こう記しているのだから。

「ずっと寝ていられたらという願いを、優に千度は抱いただろう。しかも、その願いは後で本当に叶ったのだ。だが、一定の身分と生活の糧《かて》の保証に対する希望がいつも潰《つい》えてしまうことこそ、この願いの成就であると分かるまでには、長い時間がかかった」。彼は、糊口を凌《しの》ぐことすら難しいフリーランスの文筆家となって、このエッセイを書いている。

そこに至るまでも、そしてその後も、ベンヤミンの人生は、度重なる挫折によって翻弄されている。青年運動を主導し、権威主義的な社会の抑圧に抗して、青春を文化として開花させようという若き日の志は、第一次世界大戦の勃発とともに破れてしまった。哲学者ないし美学者として学界で身を立てたいという望みも、教授資格申請論文として書いた『ドイツ悲劇の根源』がフランクフルト大学に拒否されたことによって砕かれた。

友人のゲルショム・ショーレムに宛てた手紙で、ベンヤミンは、「ドイツ文学の第一級の批評家」になりたいと語っているが、ナチスの台頭によってその野望も挫《くじ》かれてしまう。ユダヤ人だったベンヤミンは、ヒトラーが政権を掌握した一九三三年にパリへ亡命し、当地のパサージュから近代の「根源史《ウアゲシヒテ》」を描き出そうと試みたが、その企ても、第二次世界大戦でフランスが早々に敗れたために途絶を強いられた。

最終的にベンヤミンは、フランスとスペインの国境の街ポルボウで、不運としか言いようのないかたちで行路を断たれ、自死を遂げることになる。本書は、このように歴史の嵐に揉《も》まれ、非業の死に追い込まれた思想家が、最期まで歴史と対峙する思考を貫いたことを、その蹉跌《さてつ》の生涯とともに描き出そうとするものである。

ところで、ベンヤミンという人物を特徴づける際に、しばしば引かれるハンナ・アーレントの言葉がある。彼女は『闇の時代の人々』に収められたベンヤミン論のなかで、先のせむしの小人に一瞥《いちべつ》を加えつつ、この亡命時代の年長の友人について、彼が何者であったかを語るには、まずいくつもの否定辞を連ねなければならないと述べている。

ベンヤミンは偉大な学識を持っていたが、専門家という意味での学者ではなかったし、重要な訳業を残してはいるが、翻訳家でもなかった。彼は膨大な書評をはじめ、文学について多くの評論を書いたが、文芸批評家には括《くく》れない。その著述は、独特の詩的な特徴を示してはいるが、彼自身は詩人でも哲学者でもなかった。

このようにアーレントがベンヤミンについて重ねた否定は、せむしの小人の悪戯《いたずら》にも見える、彼の挫折に次ぐ挫折と結びつけて受け止められるべきだろう。彼は結局、これらのどれにもなれなかった。だが、それでもなお、彼はこの小人を厄介払いしてしまおうとは考えなかった。

歪められた生への眼差し

『一九〇〇年頃のベルリンの幼年時代』の「せむしの小人」の章を閉じるにあたり、ベンヤミンは、死に瀕した人の前をその生涯のすべての場面が通り過ぎていくように、四十歳を過ぎた自分のなかに幼少期の思い出が次々と甦《よみがえ》ってくるのを凝視しながら、こう語っている。

たしかに小人の姿はとうに消えてしまったけれども、十九世紀から二十世紀へ世紀が転換するその「閾《しきい》」から、今もその声だけは微かに響いている。ベルリンの街路を照らすガス灯のなかで、ガスマントルがジージーと音を立てているのが聞こえてくるかのように。

その声のなかから、「おちびさんよ、頼むから／せむしの小人のためにも祈っておくれ」という小人の願い――それによって『少年の魔法の角笛』の「せむしの小人」の詩は結ばれている――を聴き取るとき、ベンヤミンは、この厄介者に一抹の親しみすら覚えているのかもしれない。そのことは、彼がフランツ・カフカの没後十年に際し、その文学を論じたエッセイのなかに、この詩節を引きながら、せむしの小人を登場させていることからもうかがえよう。『一九〇〇年頃のベルリンの幼年時代』に収められるエッセイが書き継がれたのと同時期に書かれたカフカ論において、せむしの小人は「歪んだ生の住人」とされている。それによれば、「家長の心配事」のオドラデクをはじめ、カフカがその小説作品に描く奇妙な生き物は、地上の生そのものの歪みの寓意であり、せむしの小人とは、その祖型にほかならない。

そのように論じて異形の被造物に注意を向けるところには、この小人の視線をわが身に引き受けながら、歴史的な世界を覆う暴力を背負って歪められた生へ目を向けようとする、ベンヤミン自身の姿勢も暗示されていよう。そうすることで彼は、被造物の世界の辺縁に潜む亀裂を捉える眼差しを手に入れた。時代の趨勢《すうせい》と器用に渡り合えなくなることと引き換えに。

「せむしの小人」と題されたエッセイにおいて、ベンヤミンは、小人に見つめられた者は注意力を失って不器用になり、事物が壊れていくのを慄きながら見つめるほかはないと語っている。そのありさまは、最後の著作の一つとなった「歴史の概念について」のテーゼの一つに描き出される「歴史の天使」の姿とも重なるだろう。この天使は、歴史のなかの破局を見通しながら、「進歩」と美化される近代の歴史的な過程が抑圧してきた過去へ眼差しを注いではいるものの、足下に瓦礫が積み上がっていくのを止めることはできない。

ベンヤミンが無力なところのある天使の像に凝縮させた、歴史についての批判的な認識は、彼が『ドイツ悲劇の根源』のなかで「作品の壊死《モルティフィカツィオーン》」と特徴づけた批評の延長線上にある。芸術作品を批評するとは、永遠の相におけるその完成された姿を讃美することではない。批評するとはむしろ、作品の全体の「仮象《シャイン》」の輝きをいったん止めながら、その細部へ分け入り、彼が「真理内実」と呼ぶ核心を取り出すことである。

微視的な思考としての批評

このように、世界を廃墟の相において見通すベンヤミンの眼差しのうちに、思想形成の過程で彼から決定的な影響を受けたテーオドア・W・アドルノは、「メドゥーサの視線」を見て取っている。その眼差しが捉える対象は、ギリシア神話の怪物メドゥーサに見入られて石化した者のように硬直し、その組成を露わにする。ベンヤミンの思考はそこに切り込んで、これまで見過ごされてきた細かな要素を、真理を凝縮させたものとして救い出すのだ。

アドルノによれば、ベンヤミンはこの「メドゥーサの視線」をもって微視的思考《ミクロロギー》を貫いた。彼は、「凝視された現実の最小の細胞でさえ、残りの世界全体に釣り合う」という原則に、どこまでも忠実だった。彼の批評は、世界の全体を、さらにはその全歴史を見つめ直させる力を、この「最小の細胞」から引き出そうとしたのだ。そして、それほどまで現実の細部に思考を沈潜させえたことは、やはり現実との実際的な関わりにおいてひどく不器用になることと表裏一体だった。

おそらくはこのことを、ベンヤミンの蹉跌の生涯は物語っているのだろう。そのなかで彼は、子どもが持っているような事物や言葉との親密な関係を保ち続けた。小さい頃、「せむしの小人」が見ている室内で隠れん坊をしていると、家具と一体になるようだったと語る彼は、そうした模倣の才覚を、長じてもみずからの思考に生かしている。

事物との一体化に限りなく近づきながら、あるいは言葉そのものの響きに耳をそばだてながら、事物の内奥に、言葉の襞《ひだ》に別の世界が開かれているのを感知する経験――これをベンヤミンは、「閾《しきい》の経験」と呼ぶ――は、『一九〇〇年頃のベルリンの幼年時代』に収められたエッセイのなかでいかんなく発揮されていよう。その「ムメレーレン」と題された章には、自分を事物に似せ、言葉の奥に雲隠れする経験についての省察も綴られている。それは、若い頃からその作品を繰り返し研究したゲーテが語る「繊細な経験」を思わせる。対象と一つになるなかから観想《テオリア》が生じる経験、これもベンヤミンの著作に刻印されている。

ベンヤミンは、全体を輝かしく誇示するものに対しては破壊的に作用しながら、その内奥で息を潜めているものに細やかに応える微視的な思考を駆使して、地上の世界の廃墟を凝視し続けた。このような彼の思考を貫いているのが、批評にほかならない。ここで批評《クリティーク》という語は、何よりもまず、危機《クリージス》という語との深い関係――いずれもギリシア語で「分かつ《クリネイン》」ことを指す語に由来する――において受け止められるべきだろう。
ベンヤミンは、二度の世界大戦に代表される危機の時代に生きるなかで、その歴史的な状況のなかに生存か死滅かの決定的な分かれ目を見て取りながら、あくまで状況の内部に、そしてそこに棄《す》てられて残されているものを拾い上げることのうちに、死者とともに生きる可能性を探った。そのことを貫く批評的な認識を、最終的に歴史認識として捉え返す「歴史の概念について」のテーゼの一つには、「せむしの小人」が再び登場する。このことは、ベンヤミンの批評としての思考に、この小人が最後まで随伴していたことを示している。

第二節　天使という分身

批評の書

批評は、対象となる作品《ヴェルク》――それは歴史のなかで作られた人の仕事《ヴェルク》でもある――の内部に沈潜し、形式と内容が緊密に結びついているその組成に、細やかに分け入っていく。そのことは同時に、問いを差し挟む余地がないかに見える全体の神話的な現われを破壊することでもある。それをつうじて、作品のなかに生き続けている内実を今ここに救い出す批評。これを実践するベンヤミンは、批評の媒体《メディウム》をなす言葉が「書《シュリフト》」として記されることも自覚している。

アーレントは、先に触れたベンヤミン論のなかで、既成のジャンルに収まらない越境的な著述を踏まえながら、彼を「文人《オム・ド・レトル》」と特徴づけているが、ここで「文人」の語は、牧歌的な意味での文芸の人を表わすものと解されるべきではない。むしろ字義通りに、「文字《レトル》」ないし「書」の人を指す言葉として受け取られるべきだろう。

ただし、ベンヤミンが刻んだ書には独特のリズムがある。『ドイツ悲劇の根源』の「認識批判的序説」の冒頭で彼は、評論が事柄の前に立ち止まるところから、絶えず新たに書き起こされると述べている。批評において、「思考は、根気強く新たに始動し、丹念に事柄そのものへ立ち返っていく」のだ。

それゆえベンヤミンの批評の書は、静止の緊張と冷静さの双方を含んだ散文として表わされる。それは、全体としての体系であることも、完結した物語であることも拒否する。その間欠的なリズムは、むしろこれらの自足性を内側から破壊するのだ。そして、このような言葉の律動は、事象の細部へ分け入り、その核心に呼応する思考の歩みも表わしている。

言葉による救出と神話との対決

書を媒体とする批評は、たしかにそのまま批判であり、同時に破壊的でもある。ベンヤミンの批評は、不滅であるかに見える作品の姿を打ち砕き、神話と化した歴史の物語を斥《しりぞ》ける。だが、否定を徹底させた末に批評は、作品の「死後の生」を貫いているものを、あるいは歴史が残した瓦礫の底に忘れがたく残る記憶を、滅びのなかに甦るものとして救い出す。

この肯定とともに、言葉は一つの「像《ビルト》」と化す。ここには、ベンヤミンの思考の特徴が表われている。彼の思考は、しばしば像によるものと言われる。たしかに彼の著述は、先に挙げた「せむしの小人」を含め、隠喩的な形象に満ちている。

しかし、彼にとって像は、修辞的なイメージに尽きるものではない。像とは、歴史のなかで忘れられてきたものが、批評とともにそのアクチュアリティにおいて甦る媒体であり、そこにおいて言葉は、みずからの肯定性を取り戻す。

ベンヤミンは、第一次世界大戦のさなかに、言語そのものの肯定性についての省察を深めていた。そのことを示す論考「言語一般および人間の言語について」によれば、何かを語る言葉は、記号として機能する以前に、みずからが語り出すその何か自体を肯定し、これに語りかけている。こうしてその名を呼ぶ働きとともに、言語は絶えず生成する。

後年のベンヤミンは、言語の根本的な肯定性を、言語の情報化が進行した世界のなかで、言葉がその道具的な機能を越えて一つの像に結晶するところに甦らせようとした。ただし、ここであらためて銘記されなければならないのは、像が批評的な認識の媒体として、書の間欠的な律動とともに描き出されることである。このことには、神話的に自足し、崇拝の対象ともなるイメージ――ファシズムは、これを支配の手段として再生産し続ける――に対する批判も含まれている。

神話との対決。これがベンヤミンの思考を貫いている。たしかに太古からの神話は、それが人間と世界の原初的な関係を規定してきたことを示している。しかし神話は、思考を眠らせながら生に浸潤し、やがて神話の世界の犠牲になることを、人に運命として強いるようになる。そのような神話の暴力を見抜いていたベンヤミンにとって批評とは、神話からの覚醒の方法であり、神話の結界に閉じ込められていたものを、そこから解き放つ技法でもある。

クレーの《新しい天使》と雑誌『新しい天使』の計画

ベンヤミンは、このような批評の言葉を生きることへの省察を、彼の分身とも言うべき天使の像に結晶させている。一九二一年の五月にミュンヒェンのゴルツ画廊で、パウル・クレーの水彩画《新しい天使《アンゲルス・ノーヴス》》を手に入れて以来、彼は生涯の節目ごとに、著作に天使を描き出している。ただしその姿は、人間に優しく寄り添って、その魂を神の許《もと》へ導くといった一般的な「天使」のイメージからすれば、異様に映るかもしれない。

ベンヤミンが描く天使は儚《はかな》く、無力であるが、まさにそのような脆《もろ》さにおいて、天使は地上で起きたことを、それに巻き込まれた被造物のことを証言している。自分を地上へ遣《つか》わした神へ向けて、救済への祈りを込めて。天使とは、地上の被造物の生をその特異性において救い出す言葉の寓意である。しかも、この言葉には「時《ツァイト》」が刻印されている。

そのような天使の像が最初に描かれるのは、「雑誌『新しい天使』の予告」の一節においてである。ベンヤミンは、クレーの《新しい天使》を手に入れたすぐ後に、ヴァイスバッハ書店の社主リヒャルト・ヴァイスバッハから、個人編集による雑誌を出さないかと打診されている。それがかねてからの念願だったこともあって、二つ返事で引き受けた彼は、ショーレムに宛てた手紙で、雑誌の構想を語るとともに、その名を最初からクレーの絵に因《ちな》んだ「新しい天使」と決めていたことを明かしている。

ベンヤミンは、ショーレムの協力を得ながら『新しい天使』の創刊号に掲載されるべき原稿を集める傍ら、その刊行を予告する文章を書いていた。この予告文のなかで、雑誌そのものとそこから発せられる言葉の「アクチュアリティ」が、天使の像によって表現されている。文学の営為により、「時代《ツァイト》の精神」をそのアクチュアリティにおいて証言すること。これが雑誌『新しい天使』の使命なのである。

ただし、「雑誌《ツァイトシュリフト》」がそのような使命を担うとは、「時の書《ツァイトシュリフト》」としての儚さを運命づけられることでもある。ベンヤミンは、このことを天使の儚い歌と結びつけている。「いや、それどころか、タルムード〔六世紀頃までに集成されたユダヤ教の律法の問題に関するラビによる口伝的解答とその註釈〉の伝説によるなら、天使たちは瞬間ごとに無数の群れとして新たに創造され、神の前で讃歌を歌い終えると、静まって無のなかへ消え去ってしまうのだ。唯一真実と言えるそのようなアクチュアリティが雑誌に具わることを、雑誌の名〈新しい天使〉は指し示してほしいものである」。

ちなみに、天使についての類似した「伝説」は、タルムードではなく、ミドラーシュ〈ユダヤ教の聖書解釈の集成〉に見られる。そこで天使は火炎の渦《うず》から生まれ、またその渦のなかへ還っていく。ベンヤミンが、予告文と同じ頃に書いたゲーテの小説『親和力』の批評において、作品の死後の生長を燃焼に喩《たと》えるとき、この伝承が念頭にあったのかもしれない。

言葉に生きる者の分身としての天使

ともあれ、三十歳になろうとしていたベンヤミンは、言葉がそれ自身の儚さにおいて、さらに言えば自己自身の焼尽とともに、地上の生をそれぞれの特異性において輝かせる場を、雑誌のうちに切り開こうとしていた。一つひとつの生が語り出されうるようになると同時に、これを逸するなら、その記憶が取り返しのつかないかたちで失われてしまう、決定的な分かれ目としての時機を捉え、被造物の生の記憶を、今ここを照らし出す力において言葉のうちに救い出す批評。これによって「時代の精神」がそのアクチュアリティを響かせる可能性を、儚い天使

1938年，46歳のベンヤミン(パリの書店にてジゼル・フロイント撮影)

の像は指し示していよう。

その予告文を見るかぎり、創作、文芸批評、翻訳を柱として構成されるべき雑誌『新しい天使』は、このような言語の可能性に賭けるものだったと考えられる。当時の途方もないインフレーションの煽《あお》りを受け、雑誌の企画は潰えてしまった。しかし、この雑誌のうちに発揮させようとした言語の可能性を、ベンヤミンは批評をつうじて追求し続けた。

このことは、神の前で讃歌を響かせては消え去っていく天使の姿が、その後二度にわたってベンヤミンの著作のなかに浮上していることが示している。彼は、一九三一年に『フランクフルト新聞』に連載された「カール・クラウス」と、亡命からおよそ五か月後の一九三三年八月に、バレンシアの東に浮かぶイビサ島で書かれた「アゲシラウス・サンタンデル」において、「新しい天使」の新しさを不断の新生と解釈しながら、この儚い天使の伝説を記している。

とりわけ後者は、天使の像を描き出すなかに、恋愛を含めた生涯への省察を凝縮させた短いテクストであるが、その濃密な文章は、生存そのものが困難な境遇にありながらも、言葉に賭けようとする姿勢を示すものと言えよう。ショーレムの解釈によれば、この手記の表題は「サタンの天使《アンゲルス・サタナス》」のアナグラムであり、サタンとは堕天使ルシファーのことである。その名を表題に掲げるところには、批評をもって地上に踏みとどまろうとする意志が込められているのではないだろうか。

一九三〇年代の初頭、離婚訴訟のために財産のほとんどを失ったことや、その背景にあった恋の不首尾、世界の破局の予感などが重なって、ベンヤミンは憔悴していた。一九三一年の夏からは、自殺を考え始めている。四十歳を迎える一九三二年の夏には、遺言状もしたためていた。しかし、彼はイビサに滞在した後、パリでの苦しい亡命生活のなかで、パサージュの歴史的研究や、これと関連したシャルル・ボードレールの詩作の批評に心血を注ぐようになる。

歴史の天使

並行してベンヤミンは、これらの方法論となる歴史認識の理論について覚え書きを断続的に記している。さらに、一九三九年の終わりから翌年春にかけて、二度目の世界大戦に至った危機的な状況を見据えながら、彼はその理論の核心を、「歴史の概念について」のテーゼに結晶させている。その一つにも、クレーの《新しい天使》を見つめるなかから、ベンヤミンの思考の分身としての天使の姿が浮かび上がっている。先に触れた「歴史の天使」の像である。

ベンヤミンは、クレーが描いた天使の驚いたように開かれた眼と口、そして後ずさりするかのように広げられた翼から、「歴史の天使」のひたすら過去へ向かう顔貌を読み取っている。この天使の眼差しは、人がひと続きの「歴史」を見ようとするところに不断の破局を見抜き、それが今も続いていることを見据えている。「その破局は、瓦礫の上に瓦礫をひっきりなしに積み重ね、それを彼〔歴史の天使〕の足元に投げつけている」。

そのありさまを見つめながら、歴史の天使は、廃墟のなかから記憶の破片を拾い上げようとする。「彼はきっと、なろうことならそこに留まり、死者たちを目覚めさせ、破壊されたものを寄せ集めて繋ぎ合わせたいのだろう」。そうして支配者の「歴史」に名を残すことのなかった死者の一人ひとりを、また「歴史」の物語が忘却してきた出来事の一つひとつを、その名で呼び出し、過去の記憶を今ここに呼び覚まそうとする天使の身ぶりは、言語が「名」としての肯定性を取り戻すことにもとづく、新たな歴史認識の可能性を暗示するものと言えよう。

この認識が一つの像を結ぶとき、「歴史」が抑圧してきた記憶が甦る。今や歴史とは、時系列の攪乱《かくらん》とともに、死者とともに生きる回路が言葉のうちに開かれる出来事である。その出来事とともに言語も、名づける力を取り戻す。このようにベンヤミンは、言語と歴史をその可能性へ向けて問うことによって、戦争と暴力の影に覆われた状況の内部に、死者とともに生き残る余地を探っていた。

言語、芸術、歴史への根底的な問いへ

ベンヤミンが生きた十九世紀末から二十世紀前半にかけては、科学技術が日常生活に浸透し、都市生活がそのテンポも含めて大きく変わった。この時代には、情報媒体の技術的な革新によって、人間の知覚経験も変貌を遂げた。さらに、その時代に行なわれた総力戦としての戦争には、最新の大量破壊兵器が導入されてもいた。これらによって、身に起きたことを経験として語り伝える力が人間から失われ、経験の伝承にもとづく伝統と、それにもとづく共同体が崩壊したことを、ベンヤミンは見通していた。

彼はまた、ファシズムが伝統の解体を逆手に取りながら、最新の情報技術を駆使して「民族」や「祖国」の神話を流布させ、その共同性に人々を束ねて、総力戦に動員していく様子も見据えていた。彼の批評的思考において特徴的なのは、そのような危機に岐路を見て、破滅へ向かおうとする状況のただなかに、生存の道筋を切り開こうとしたことである。

ベンヤミンの批評は、人を死に追いやる神話の呪縛を振りほどく認識として、つねに同時代の状況と向き合っていた。そのうえで「死後の生」を含めた生を、言葉において深く肯定すること。これを彼の思考は目指していた。

このように時代と斬り結ぶベンヤミンの批評的な思考は、言語、芸術、そして歴史への根底

的な問いに収斂するにちがいない。これらの事柄への問いを掘り下げることは、二十一世紀の今ここにある危機を見通しながら、歴史のなかで言葉に生きる可能性を模索することであり、かつ芸術の美が生きること自体を見つめ直させる力を発揮する回路を、現代における芸術との関わりのうちに探ることでもある。ベンヤミンが残した書を読むことによってこそ喚起されうるこうした思考へ読者を誘うのが、本書の狙いとするところである。

そのために本書では、せむしの小人とともに、そして天使を分身として歩んだ生涯の危機的《クリティカル》な局面において、ベンヤミンがどのように歴史的な状況と対峙したか、またそのなかからどのような問いが生じたかを、彼の著述にそくして辿《たど》ることにしたい。その際、言語、芸術、歴史を焦点とする思考の展開に注目し、ベンヤミンの思考が、これらをそれ自体としてどのように捉える可能性を示しているかを伝えるよう努めたい。

第一章　青春の形而上学

——ベルリンの幼年時代と青年運動期の思想形成

夜を歩み通すときに助けになるのは、橋でも翼でもなく、友の足音だけだということを噛みしめたところだ。僕たちは夜のさなかにいる。かつて言葉で闘おうとしたが(トーマス・マンがその低劣な「戦時随想」を発表したこともあったしね)、そのときに教えられたことがある。夜に抗って闘う者は、その最も深い闇を揺り動かして、夜の光を引き出さなければならない。この命がけの大いなる努力においては、言葉は一つの段階にすぎない。しかも、言葉が最初の段階ではありえないところにのみ、言葉はありうるのだ。

一九一六年末のヘルベルト・ブルーメンタール宛書簡

第一節　世紀転換期のベルリンでの幼年時代

富裕なユダヤ人の家庭に生まれて

幼い頃に出会ってしまったせむしの小人の声は、世紀の転換の閾《しきい》から、柔らかな光を放つガス灯のガスマントルが音を立てるように今も聞こえている。そのように表白しながら幼年時代を追想するベンヤミンは、まさに閾の時代を生き、それを貫く変転を、身をもって経験した一人と言える。

ナチスが政権を掌握したドイツから亡命した一九三三年に、ベンヤミンは「経験と貧困」というエッセイを書いて、自分の世代の経験を以下の一節に凝縮させている。「まだ鉄道馬車で学校に通っていた世代は、空の下、雲のほか何ひとつ変化しなかったものはない風景のなかにいた。つまり、破壊的な奔流と爆発の力の場の中心に、そこに残ったちっぽけで脆《もろ》い人間の肉体だけで立っていたのだ」。

ベルリンで過ごした幼年期に始まっていた移行の時代に、技術は都市の風景だけでなく、そこに生きる人間をも内側から変えつつあった。その力は、第一次世界大戦のなかで人間に対して牙を剝《む》き、一つの世界を瓦解させることになる。そこに至る過程が含む、旧来のものと新しいもののせめぎ合いの残像として、ノスタルジーを喚起し続けているのが、現在もベルリンの街の一部を照らしているガス灯なのかもしれない。

いや、ベンヤミンが通学に使っていた鉄道馬車にこそ、移行の一段階が目に見える形態で表われているではないか。人工の鉄路の上を動物の力が車両を曳《ひ》くこの融合物《アマルガム》は、一八九〇年に発表された森鷗外の小説「舞姫」でも触れられていることが示すように、十九世紀の終わりから二十世紀の初頭にかけて、ベルリンの中心部で輸送の中核を担っていた。しかし、これも一九二〇年代にほぼ終わる都市鉄道の電化とともに姿を消した。

こうした動きが象徴する都市生活の変化は、ベンヤミンが『一九〇〇年頃のベルリンの幼年時代』に綴る、彼の家での電話機の位置の変化にも表われていよう。それは当初、不気味なトラブル・メーカーとして、廊下の薄暗い片隅に置かれていたが、やがてヴァルターら子どもの居室の中心を占めるようになる。

この電話機を「双子の兄弟」と呼ぶベンヤミンは、一八九二年七月十五日に、ベルリンでユダヤ人の商家の第一子として生を享《う》けた。父親のエーミールはケルンに生まれ、故郷で銀行員としての経験を積んだ後、パリを経てベルリンに移り住み、古物と美術品の競売所の共同経営者として成功を収めた。

『一九〇〇年頃のベルリンの幼年時代』の基になった手記「ベルリン年代記」を見ると、このレプケという名の競売所で、オリエントの絨緞《じゅうたん》が扱われていたことが分かる。おそらく、当時の富裕層でカーペットが流行したのにも乗ったのだろう。エーミールは、ベルリン西部に新たに拓《ひら》かれた高級住宅地グルーネヴァルトに大邸宅を建て、ポツダムの郊外に別荘を持つことを可能にするほどの財を成した。レプケの経営から手を引いた後、エーミールは投機的な投資に手を染めたようだ。だが、自宅の事務机には、競売の際に振るっていた槌《つち》がずっと置かれていて、彼の目利きの商人としての矜持《きょうじ》と家長としての威厳を一つながらに象徴していたという。

この父親を支え、住み込みの手伝いを抱える世帯を切り盛りしたのが、母親のパウリーネ・エリーゼだった。その暮らしの贅沢さの一端は、自宅での夜会の食卓を飾った食器の豊富さについての回想からもうかがえよう。夜会の際に彼女は、たくさんの宝石が光る卵形の装身具で体を大きく見せながら、客を迎えていたという。そのような母親の目に映る息子は、ひどく頼りなかったにちがいない。小さなヴァルターが物を壊したり、転んだりするたびに、彼女は口癖のように「ぶきっちょさんからよろしくってよ」と言ったという。

その言葉についてベンヤミンは後年、自分を見つめるせむしの小人のことを思い出させると同時に、不器用さ——地図を使えるようになるのに三十年を要したほどの方向音痴だった——をいやがうえにも自覚させる溜め息のようだったと語っている。結局のところパウリーネは、どこへ行くにも子守役が付き添うブルジョワの生活に、息子をすっかり順応させてしまった。「ベルリン年代記」のなかでベンヤミンは、四十歳を過ぎてもコーヒーを淹《い》れることすらできないのを母親のせいにしている。

名前と出自

このような両親の下に生まれたベンヤミンの出生届に記された名前は、ヴァルター・ベネディクス・シェーンフリース・ベンヤミンである。このうちベネディクスは父方の祖父の名を受け継ぐもので、シェーンフリースは母方の姓である。この長い名前を、ベンヤミン自身が公の場で使うことはなかった。ベネディクスとシェーンフリースの名は、「アゲシラウス・サンタンデル」で、両親が与えた「二つの風変わりな名」として暗示されているが、これはむしろ「それを知ってはならない他人から守られるべき名」ですらあった。

しかし、親友も知らなかったこの二つの名は、後にナチス・ドイツの国家秘密警察《ゲシュタポ》によって暴かれることになる。その捜査により、モスクワで亡命者らによって刊行されていた文芸誌『言葉《ダス・ヴォルト》』に、「パリ書簡」を一九三六年に発表していたことが判明したというだけの理由で、ベンヤミンは、一九三九年五月二十六日にドイツ国籍を剝奪《はくだつ》された。そのための捜査文書と国籍剝奪の通達には、出生届に記された長い名が書かれている。

長じてからユダヤ人であることを隠せるよう両親が授けたというこの二つの名への言及が示すように、ベンヤミンは自身のユダヤ人としての出自を自覚していた。しかし、共同体の宗教としてのユダヤ教に対しては、当初から距離を感じていたようだ。父親が中世以来の律法の解釈の伝統を重んじる立場だったのに対して、母親は改革派に共感を寄せていた。この改革派は、ユダヤ人のヨーロッパ社会への同化が進んだ十九世紀に大きな潮流となり、礼拝と生活の規範を近代社会に合わせて変えていた。

ベンヤミンは少年の頃、改革派の新年の礼拝に遠縁の親戚を呼びに行く役を任されたものの、道に迷ううちに、退屈にしか思えない儀式も、自分の役目もどうでもよくなってしまったと『一九〇〇年頃のベルリンの幼年時代』に記している。彼は、こうして責任を放棄すると同時に、自分の性《セクシュアリティ》にも目覚めた――それを促す街角に迷い込んだのかもしれない――とも回想している。そのような思春期の瀆神《とくしん》的ですらある反発は、自分が属する共同性からの最初の、そして内側からの逸脱と言えよう。

新興ブルジョワの生活に対する違和と愛着

ベンヤミンは、少年時代までの自分のことを、裕福な人々の住む市区の「囚《とら》われ人」と呼んでいる。この市区とは、彼の一家と親戚が居住していたベルリンの西地区のことで、一家はヴアルターが生まれた旧西地区《アルター・ヴェステン》を徐々に西へ移り住み、彼が十歳になるときに新西地区《ノイアー・ヴェステン》のグルーネヴァルトに落ち着くことになるが、この一帯は回想のなかで「ゲットー」とさえ呼ばれている。高級住宅街がユダヤ人の隔離居住区域《ゲットー》に喩えられるのは、やはりそこでの生活に幼少期のベンヤミンが息苦しさを覚えていたからである。

邸宅の豪奢《ごうしゃ》さを見せびらかすかのように盛大な夜会を催したり、「眷属《クラン》」の儀式としてシナゴーグ〔ユダヤ教の会堂〕での礼拝に加わったりといったことの仰々しさに、ヴァルター少年は付いて行けなかった。それどころか、威容を誇示し合うことによって保たれる新興ブルジョワ――この移住者の一族は、ベルリンの人口が倍増するほどの都市の膨張に乗って財を成した――の共同性に欺瞞すら感じ取っていたことが、彼を後に青年運動へ駆り立てることになる。

しかしながら、幼少期に当時のベルリンで指折りの富裕な一族の暮らしに浸《つ》かった体験は、ベンヤミンの身に拭《ぬぐ》いがたく染みついていた。しかも、彼が長じてからもそれに対する郷愁を覚えていたことは、『一九〇〇年頃のベルリンの幼年時代』の「ブルーメスホーフ十二番地」と題された一章から伝わってくる。

小さなヴァルターは、この住所にあった母方の祖母ヘドヴィヒの「コスモポリタン的」な家――そこではキリスト教の祝祭であるクリスマスが盛大に祝われていた――を訪れるのを楽しみにしていた。未亡人となった後、世界各地を旅し、旅先から孫に絵葉書を送っていた彼女は、遠方への憧れをヴァルターに呼び起こした。後に彼が旅を繰り返し、絵葉書を集めるようになるのは、この祖母の影響である。

　幼年期のヴァルターを文芸の世界へ導いたのは、父方の伯母のフリーデリケ・ヨゼフィだった。自宅にサロンを開いて詩人や作家――そのなかには、後にベンヤミンがカフェで出会うことになるユダヤ人の詩人エルゼ・ラスカー＝シューラーもいた――を招いていた彼女の熱心な説得により、父親が反対していた大学入学資格《アビトゥーア》取得への道が開かれた。

　これらの守護者の庇護の下、違和感を抱えながらも富裕層の生活を享受することは、「ゲットー」の「囚われ人」という言葉が含意するように、都市の現実から隔離されることとも表裏一体だった。思春期を迎えるまで、ベンヤミンは無産者階級が住む他の市区も、そこでの貧困層の生きざまも知らなかった。ちなみに、後に弟のゲオルクと妹のドーラは、労働者とその子どもの医療支援に携わっている。

　貧しい人々が晒されていた生活の転変に目を閉ざすかのように、ベンヤミンの一家を含む当時の有産者階級は、大きな家具をはじめ装飾だらけの調度品で埋《う》められた室内に逃げ場を求めていた。そのようなブルジョワの生活の欺瞞は、ドイツでは第一次世界大戦の敗戦に続くインフレーションによって暴かれることになる。それとともにベンヤミン自身も逃げ場を失って、「破壊的な奔流と爆発の力の場の中心」に晒し出され、不器用に挫折を繰り返した。ここではまず、それに先立つ彼の青年運動との関わりと、そのなかでの独自の思想の胎動へ目を向けることにしたい。

第二節　独自の思想の胎動

学校への不適応

『一九〇〇年頃のベルリンの幼年時代』には、「熱」と題された一章が含まれている。そのなかでベンヤミンは、発熱したとき、昼間は布団を洞窟に見立てて、夜は寝室に漏れてくる明かりに影絵を映して遊んだと回想しているが、幼少期の彼は、しばしばそうしてベッドで過ごしたようだ。「私はよく病気になった」。その結果として、学校の成績表に「欠席一七三時間」と書かれたことも、章の末尾で触れられている。けっして少ないとは言えない欠席時間数である。

ベンヤミンが病弱だったのは確かだが、その一方で度重なる発熱は、学校に適応できなかったことの表われでもあろう。彼は、一九〇二年にカイザー＝フリードリヒ校に入学している。彼は小学校へは行かずに――当時の富裕で教養のある市民の子弟の常として、私塾と家庭教師による教育を受けていた――、そのギムナジウム〈大学入学資格へ向けた九年制の中高等学校〉で初めて学校というものを体験したわけだが、軍隊主義《ミリタリズム》が浸透したそこでの集団生活には、結局適応できなかった。

校舎の扉が開くとともに男性の生徒がひしめき合いながら階段を上がって教室へ向かうことからして、ベンヤミンにとっては恐怖と嫌悪の種だった。スポーツ大会などの際の高揚への同調を強いられる集団行動には、いつも困惑していた。彼はまた、教師の前で脱帽を義務づけられるような権威主義的な生活規範にも、個の尊厳を脅かすものを感じている。体罰や居残りの罰を受けたのは初めの頃だけだったとはいえ、それだけで学校に対する恐怖を植えつけるには充分だった。とくに体育の授業があった日には、疲れきって帰宅していたようだ。

ヴィネケンとの邂逅

このように学校生活に付いて行けずに、心身とも消耗していく姿を見かねて、両親は一九〇五年の春に、息子をテューリンゲンのハウビンダに創設されて間もない田園教育舎に転校させている。教育思想家ヘルマン・リーツがみずからの改革思想の実現の場として自然豊かな場所に建設したこの寄宿学校で、ベンヤミンは運命的な出会いを経験する。彼を青年運動へ導いたグスタフ・ヴィネケンとの邂逅《かいこう》である。

学校改革の主唱者の一人ヴィネケンは、当時この田園教育舎でドイツ語と哲学を教えていた。彼の下で学んだのは一年と少しだけだったが、それによって哲学と文学への関心が呼び覚まさ

幼年期のベンヤミン，弟ゲオルクおよび妹ドーラとともに（1904 年）

れたばかりではない。後にルートヴィヒ・シュトラウス宛の書簡――この書簡には次章で立ち返ることになる――に記されているとおり、ハウビンダでのヴィネケンとの出会いは、ベンヤミンにとって「決定的な精神的体験」だった。その後の数年間、彼はこの教育思想家の「厳格にして熱狂的な弟子」として、その思想を代弁し続ける。

一九〇六年にリーツと決裂したヴィネケンは、ヴィッカースドルフに自由学校共同体を創設した。その設立理念を読んだベンヤミンは、心身の健康を取り戻して復学したカイザー＝フリードリヒ校に、「ヴィッカースドルフの理念」を広めるサークルを作っている。そして、彼が大学入学資格を得て最初に学んだのがフライブルクだった理由の一つには、そこがヴィネケン派の拠点になっていたことがあったにちがいない。

一九一二年の秋にベンヤミンが入学したフライブルク大学では、旧来の学生組合に対抗するかたちで十九世紀末に組織された自由学生連合のなかに、学校改革部門が設立されていた。これは、学校の改革に学生が積極的に参画することへのヴィネケンの要請に呼応して組織されたものである。ベンヤミンは、この年の秋からの学期に、ベルリンでの学校改革部門の立ち上げにも関わっている。

学校改革の理念への共鳴

各地の大学にヴィネケンの理念を体現する組織が生まれたことは、ドイツの青年運動における一勢力を形成するものだった。青年運動《ユーゲントベヴェーグング》は、権威主義的な訓育の場と化した学校と家庭に代わる青年《ユーゲント》の自己の陶冶《とうや》とその若さ《ユーゲント》の解放の場を、野外に求めたヴァンダーフォーゲル運動を嚆矢《こうし》とする。一九一〇年代初頭、この運動は、生活の改革を主張するグループや、教育の改革を主張するグループなどに分化していたが、その一角をヴィネケンの一派が占めるに至ったのだ。では、学校改革部門に積極的に関与するベンヤミンは、ヴィネケンが唱えたどのような学校改革の理念に共鳴していたのだろうか。

　そのことを知る手がかりになるのが、ベンヤミンの最初期の著作である。ギムナジウムの生徒だった頃から、彼は「アルドーア」の筆名でヴィネケン派の青年運動の雑誌『出発《デア・アンファング》』に寄稿している。例えば、そこに一九一一年の春に掲載された短文「自由学校共同体」において、ベンヤミンは、ヴィネケンの言葉をふんだんに引用しながらその教育思想を紹介している。

学生時代のベンヤミン
(1912年)

それに従うなら、教育の指針となるのは、法や道徳、芸術や宗教などとして具現される「客観的精神」である。その担い手への若者の自己形成を促すのが、ヴィネケンが考える学校共同体の使命なのだ。

また、ベンヤミンがフライブルク大学に入学した年に、その自由学生連合の学校改革部門の雑誌に掲載された論考「学校改革——一つの文化運動」によれば、学校は「青春《ユーゲント》」が「文化」として自己を形成するのが受け容れられる場、すなわち青春の媒体に生まれ変わらなければならない。学校における青春の解放こそが、個々の若者が自己を陶冶し、文化として精神を具現させることを可能にするのである。

このように、一九一〇年代初頭のベンヤミンは、ヴィネケンの思想を青年の立場から代弁するかたちで著述活動を開始している。ベルリンの学校で体験した若者の抑圧を批判しながら、青春の文化の自己実現を、さらにはそのための学校の改革を主張するベンヤミンは、当時ヴィネケン派の旗手と目されるようにもなっていた。

ヴィネケンの思想との齟齬

しかし、すでに一九一三年の夏が過ぎた頃から、ベンヤミンは、近しい友人に宛てた手紙のなかで、ヴィネケンとの距離を示唆し始めている。なかでも、この年の九月にカーラ・ゼーリヒゾンに宛ててこう書き送っていることは、注目に値しよう。「若い《ユング》ということは、精神に奉仕することではなく、むしろこれを待望することです」。

この一節は、ヘーゲルの観念論の影響の下、「客観的精神」の実現への奉仕こそ若者の義務と説いたヴィネケンに対する批判を含んでいる。さらに、生涯の友人となるエルンスト・シェーンに宛てて翌年の五月に書かれた書簡には、この「客観的精神」の概念自体に対する疑念も表明されている。

ベンヤミンが、ヴィネケンからの決定的な影響の下で青春の思想を形成したのは確かである。しかし、物質主義的な社会を学校教育によって精神の共同体へ変革することを企図し、共同体の理念を体現する「指導者《フューラー》」としての教師に青年が服従すること——その延長線上にあるのが、「客観的精神」への奉仕である——を説くヴィネケンとは相容れない立場を、ベンヤミンは早くから示していた。

彼は、ギムナジウム時代に先の『出発』誌に寄稿したエッセイ「いばら姫〔眠りの森の美女〕」において、ゲーテが描くファウストの途上にある生命に、青春の象徴を見て取っている。飽くなき理想の追求と、そのための徒労にも見える闘いに精神を燃え立たせるなかで、人は青春を生きる。そして、理想が実現したと満足した瞬間に、永遠を求めたファウストと同様、青春も終焉を迎えるのだ。そのように、つねに生成の相において青春を語るベンヤミンと、青春を「客観的精神」の実現を媒介するものと見なすヴィネケンとのあいだには、やはり埋めがたい距離がある。

青春の思想と「経験」の批判

両者の思想の齟齬《そご》を最初に暗示する「いばら姫」において、ベンヤミンは、ゲーテをはじめとする偉大な詩人の作品に表われる青春の精髄に青年を目覚めさせるのが、雑誌『出発』の使命だと主張している。社会主義の動きや女性解放運動が象徴するように、「青春の時代」へ向かうさなかにありながら、若者たちは、「いばら姫」のように眠ったままである。それは慣習に身を委《ゆだ》ね、みずからの若さを窒息させることでしかない。だが、ひとたび眠りから醒《さ》めて青春を予感するならば、現在の社会が抑圧に満ちていることに目覚めないわけにはいかない。

そのことを覆い隠す欺瞞の象徴が、後に自由学生連合の中心人物の一人となったベンヤミンに言わせれば、大人が若者に対して頻繁に用いる「経験」という言葉である。彼は一九一三年に『出発』誌に掲載された、まさに「経験」と題された短い論考で、人生経験を積めば世の中が分かるといった言い方に現われる「経験」の語を、大人の仮面と呼んで厳しく批判している。

それは、物質主義的な秩序への順応を促して、青春を圧殺するのだ。

「経験」という仮面を剝《は》がした後に残るのは、既存の秩序への精神なき妥協だけだ。ベンヤミンはこの論考において、「経験」を吹聴する大人が、実際には何も経験していないことを暴き出す。ここにはすでに、彼がおよそ二十年後に「経験と貧困」をはじめとするエッセイで示す、共同体の伝統を形づくってきた「経験」の破産への洞察が兆《きざ》していよう。

さらにベンヤミンは、大人の空虚な「経験」に、もう一つの、自己の精神の覚醒をもたらす経験を対置させ、それが現状への幻滅を含みうるとも述べている。そのような二十歳のベンヤミンの議論のうちには、「進歩」の装いの下で破局が続く現在に目覚める経験こそが、そこに微かな痕跡を残すものを拾い上げる歴史認識に結びつくとする思想への通路も開かれている。

このように、すでに一九一〇年代前半に、後年の思想を予感させる思考が、青春の理念をめぐって繰り広げられている。その結晶が、断章のかたちで残されている「青春の形而上学」にほかならない。

第三節　「青春の形而上学」が開く思考の原風景

ハインレとの友情

自由学生連合の中心で、ベンヤミンは、教育制度を含む同時代の秩序の欺瞞と抑圧を暴きながら、何ものにも従属することのない精神の息吹としての青春について思考を研《と》ぎ澄ましていた。その第一次世界大戦以前の到達点を示す「青春の形而上学」の内容に立ち入る前に、もう一つの出会いに触れておく必要がある。その自殺がベンヤミンの心に深い傷を残すことになるクリストフ・フリードリヒ〔フリッツ〕・ハインレとの邂逅である。

二人はフライブルクで知り合い、一九一三年に一緒にベルリンへ移ってからは、青年運動において行動を共にするようになる。なかでも二人が力を入れたのが、「談話室《シュプレヒザール》」の活動だった。彼らは、自由学生連合の「集会所《ハイム》」での講演会を企画するなどして、青春の言語の生成の場を創り出そうとしていた。ちなみにベンヤミンは、後に彼の麻薬吸引実験に医師として立ち会うエルンスト・ヨーエルと共同で「集会所」を借りていたが、当時社会的弱者のための奉仕活動による青年の精神的変革を主張していたヨーエルとは、自由学生連合の路線をめぐって対立していた。

そのように文学への関心を共通の足場に、青春の文化のためにともに力を尽くしていたとはいえ、ハインレとベンヤミンの気質は異なっていた。詩人を志していたハインレには、情熱に身を委《まか》せるところがあり、かつ行動も急進的だった。

投稿した詩がなかなか掲載されなかったこともあって、『出発』誌の編集に疑念を抱いた彼は、編集部を乗っ取ろうとしたことがあった。あるいは、一九一三年の秋に表現主義芸術の雑誌『行　動《ディ・アクツィオーン》』の主催による「文学の夕べ」で、ベンヤミンが行なった「青春」と題する講演に突然異議を挟み、その場で同じ表題の講演を敢行したこともあった。

このときハインレが読んだ原稿が残っているが、それは当時若者のあいだで絶大な影響力があったシュテファン・ゲオルゲの詩に感化されながら、青春の創造力を、救済をもたらすものと直接に神格化する内容を含んでいる。ベンヤミンは、そのように青春を礼拝の対象として神秘化することからは遠いところにいた。にもかかわらず、彼はいつもハインレの近くにいた。「フリッツ・ハインレは詩人だった。「生きざま」においてではなく、詩作において出会った唯一の詩人だった」。「ベルリン年代記」に記されたこの言葉が示すように、ベンヤミンは、ハインレの詩を高く評価していた。彼の詩を『出発』の編集部に推したのはベンヤミンだったし、雑誌『新しい天使』の計画が示すように、彼はハインレの死後も、その詩を公刊する機会を探っている。

ただしベンヤミン自身は、激しい「生きざま」としても現われるハインレの青春へのアプローチからは距離を置いていた。ベンヤミンは、青春をじかに歌うのではなく、むしろ思考によって青春そのものを突き詰めていった。

師と仰いだヴィネケンに対しても妥協することのない、青春についての徹底的な思考、これが「青春の形而上学」には凝縮されている。一九一三年から翌年にかけて書かれたと見られ、「対話」、「日記」、「舞踏会」の三章で構成されるこの論考は、ショーレムによる筆写稿のみが、断片のかたちで残されている。

沈黙へ導かれる娼婦との対話

ベンヤミンが「青春の形而上学」の冒頭で語る「対話」は、彼が後に描く「歴史の天使」の眼差しを予感させるかのように過去へ向かう。「いかなる対話であれ、それが内容としているのは、過去を私たちの青春として認識することであり、廃墟という精神の塊を前にして慄くことである」。それゆえこのような対話は、例えばヘーゲル的な弁証法の過程としての対話、すなわちヴィネケンも想定していたような、個々の意識がその否定を経て、普遍性において自己を実現する将来へ向かう発展過程としての対話の対極にある。

この未来志向で、つねに何かを語り続ける対話とは逆に、二十一歳のベンヤミンが論じる対話では、語り手の言葉は、聴き手の沈黙のなかへ消え入っていく。そして、この沈黙こそが新たな言語の母胎になる。「沈黙においてこそ、力は甦った。聴く者は、対話を言語の辺縁へ導き、語る者は、ある新しい言語の沈黙を創り出したのだ。語り手とは、この新たな言語に最初に耳を傾ける者にほかならない」。

対話をつうじて導かれた言語の限界に佇《たたず》みながら、新たな言語の胎動に耳を澄ますところに、創造の精神《ゲーニウス》が宿る。青春は、その地点から言葉となる。言語として自己を生成させ、新たな世界を創造する精神の胎動を、沈黙のうちに予感することへ導かれる対話に、ベンヤミンは男どうしの論争を対置させている。それは、まさに闘いをつうじて互いに手を結び、女性を破壊する。そのことと表裏一体である品位のない言葉の勝利が、現在の世界の日常を作り上げてしまっている。そこにある男性中心主義的な秩序こそが、魂を絞《し》め殺しているのだ。

大人の世界で続いている精神の自滅を乗り越え、これとは別の世界を創造する出発点に立つためには、ロマン主義以来芸術の創造の源とされてきた天才《ジェニー》が、男たちの多弁な対論――ベンヤミンは、当時弁証法と呼ばれていたものを、そう解している――とは別の対話によって沈黙へ導かれなければならない。このとき、創造的精神を導く聴き手となるのは、「青春の形而上学」においては「娼婦」である。

ここでベンヤミンが娼婦に言及する背景にあるのは、二つの出来事である。その一つは、一九一三年の春に彼が初めてパリへ旅行した際に、街娼と関係を持ったことである。もう一つは、カイザー＝フリードリヒ校以来の友人であるフランツ・ザックスならびにヘルベルト・ブルーメンタール〔後に亡命してから、彼はヘアバート・ベルモアと名乗った〕とのあいだで、その後「娼婦の生活の倫理的意味」をめぐる論争が繰り広げられたことである。

ブルーメンタールに宛てた同年六月二十三日付の手紙で、ベンヤミンは、娼婦を抽象的に女性として美化し、その「人間」としての「尊厳」を訴える主張を批判している。ブルーメンタールが掲げるこの主張は、娼婦を商品から美的鑑賞の対象に変えるだけの「審美主義」を唱えるもので、結局は娼婦を物として扱い続ける社会の仕組みと癒着してしまうのだ。これに対してベンヤミンは、社会のなかでの娼婦の生きざまを正視することを主張する。そこから投げかけられる「すべての人間は売春者であるか否か」という問いに、今こそ向き合うべきなのだ。「青春の形而上学」によると、社会的関係によって商品化された娼婦の生は、人間が物品と化し、金銭を介した交換の対象になる「文化」の現実に目覚めさせるだけにとどまらない。娼婦は、「文化」のなかで「自然」とされている規範を超越した次元において、官能の悦楽に開かれた性をも生きている。この点で娼婦の身体は、レスボス島のサッポー〔紀元前七〜六世紀に活躍した古代ギリシアの女性詩人〕を中心とする、子を作ることのない性愛の共同体に属する。

その共同性を支配する深い沈黙に耳を澄ますなかから、新たな対話が生じ、青春が輝き始めると述べるとき、ベンヤミンは、異性愛の規範を乗り越える性の解放を、青春の理念に含めていたのかもしれない。しかし、現在読むことができる「青春の形而上学」では、「対話」をめぐる議論がこれ以上の展開を見ないまま、「日記」の章が始まっている。その冒頭に銘記されているのは、日記を書くことが、青春を謳歌することの不可能性の自覚にもとづいていることである。

覚醒と解放の媒体としての日記

「あの媒体、そこに人間の青春の純粋な旋律《メロディ》が溢れ出るはずの媒体は、破壊されてしまった」。男性中心主義の下で作り上げられた秩序のなかで営まれる、喧騒に満ちた日常が、青春を開花する前に萎《しぼ》ませてしまっている。このことに対する深い「絶望」としての目覚めから、日記は綴られる。それゆえ、日記は「間隙《かんげき》」にもとづいている。日記は、日常の連続から、さらにはその時間――「暦の、時計の、そして証券取引所の時間」――の連続から隔たった場を開くかたちで断続的に書かれ、けっして完結することがない。

ベンヤミンは、そのような日記の言葉のうちに、過ぎ去った日々が回帰すると述べている。その意味で「日記《ターゲブーフ》」とは、「時《ツァイト》についての書」であり、かつ「日々の書《ターゲブーフ》」でもある。日常の連続に介入するかたちでこれを綴ることは、生きられた時を、日常の時間から「解放する行為」にほかならない。それによって、日常の営みのなかで一度は死んだ私の「自我」も、「風景」とともに甦ってくる。

つまり、沈黙のなかから発せられる言葉は、世界を一つの風景として現出させる媒体になりうるのだ。その出来事のうちに自我の再生があることを、ベンヤミンは、風景のなかに到来する恋人との結びつきを描くことによって強調していよう。こうして自我が、風景の媒体をなす言葉として甦るところに彼は、先に「経験」で暗示した精神を覚醒させる経験、すなわち大人が語るのとは別の経験を見ようとしていたにちがいない。

ただし、これはあくまで経験であって、例えばハインレが語ろうとしたような、青春を直接に歌う体験ではない。むしろその体験の喪失を正視しつつ過去に向き合う沈黙、「日々の書」の始まりにある沈黙のうちにこそ、青春の源泉である創造的精神が宿る。ベンヤミンにとって青春は、言葉を媒体とする想起とともに、不滅のものとして経験されるのだ。とりわけ「青春の形而上学」において彼は、「日記」の言葉のうちに、生きられた時が未来となって到来し、一つの風景とともに甦る可能性を見ているのである。

思想の原像としての「青春の形而上学」

とはいえ、日記はあくまで孤独のなかで綴られる。そして、孤独に耐えきれない若者は、音楽と踊りに我を忘れる。そのありさまを描く「舞踏会」の章は、若きベンヤミンが友人と過ごした夜のベルリンのグロテスクな情景を想像させずにはおかない。だが、それは途絶している。青春を解き放つ文化のための運動の行く末を予感するかのように、「青春の形而上学」は、未完のまま残された。しかし、そこにはすでに、ベンヤミンの思考の基本的なモティーフが迸《ほとばし》り出ている。

　まず、この断章では言語が、言語哲学の洞察を先取りするかたちで、世界と自我の照応——これが風景という出来事である——の媒体と見られている。言語において青春は創造する精神となるのだ。ただし、この言語とは、断続的なリズムで記される書——「日々の書」としての日記——にほかならない。しかも、この書が語り出すのは、一度死を刻印されたものである。日記において言葉は、過ぎ去った日々が未来として甦ってくるような歴史の書を織りなす。

エルンスト・ルートヴィヒ・キルヒナー《街路，ベルリン》(1913年／ニューヨーク近代美術館所蔵)

　したがって「青春の形而上学」は、エルンスト・ルートヴィヒ・キルヒナーが一九一三年に描いた、着飾った娼婦が闊歩《かっぽ》するベルリンの街を背景に、言語と歴史を、両者の新たな結びつきへ向けて根底から捉え直す方向性を示すものと言える。その意味で「青春の形而上学」は、ベンヤミンの思考の原風景を浮かび上がらせている。

さらに、ベンヤミン自身はブルジョワ男性の女性観を持ち続けたとはいえ、この断章は、彼が後にボードレールの影響の下で着目する、都市における娼婦の両義的な存在と、そこに含まれる異性愛主義を乗り越える潜在力への洞察も示している。後に彼は、ボードレール論のための覚え書きの一つでこう述べている。「レズビアンの愛は、精神化を女性の胎内にまで行き渡らせる。妊娠も家族も知らない「純粋な」愛という百合《ゆり》の旗印を、そこに立てるのである」。

ただし、青年運動の一勢力の中心にあって、青春の理念を妥協することなく突き詰めようとしていたベンヤミンの思考が、文学的教養の世界に寄りかかった思弁を繰り広げる「形而上学」であるのも確かである。それが書き下ろされてからほどなく、第一次世界大戦が勃発する。それによって、彼が友人とともに推し進めようとした青春の言語の生成のための運動は、挫折を強いられる。このときベンヤミンは、死者の前に立たされていた。

第四節　友人の死を心に刻んで

ハインレの自殺と青年運動の挫折

第一次世界大戦が始まって間もない一九一四年の八月初旬、ベンヤミンは、「当時兵営の門前に塞《せ》き止められていた肉体の大波のなかに」いた。彼は軍隊に志願しようとしていたのだ。ただし、それは兵舎へ押し寄せる若者たちが示す戦争への熱狂のためではなかった。「ベルリン年代記」によると、ベンヤミンの胸中にあったのは、友人たちのあいだに居場所を確保したいという思いだけだった。しかし、こうした思いと戦争に対する曖昧な態度は、時を置かずして起きた出来事によって、根底から打ち破られることになる。

早朝に届いたハインレからの速達の手紙には、こう記されていた。「君たちは、僕らが集会所《ハイム》に横たわっているのを見つけるだろう」。八月八日に彼は、恋人のフリーデリケ〔リーカ〕・ゼーリヒゾン――先に触れたカーラの姉である――とともに、集会所のガス栓を開いて自死を遂げていたのだ。新聞では恋の苦悩の末の心中と報じられた二人の自殺は、親しい友人にとって、戦争とそれに熱狂した者に対する絶望を突きつけるものだった。

先に触れた「文学の夕べ」での出来事が示すように、時に諍《いさか》いを起こすことはあっても、青春の言葉の創造へ向けて堅い友情で結ばれていたハインレが、「八月の体験」とも呼ばれる異常な熱狂がドイツを席捲《せっけん》した開戦時の状況と、それに付和雷同する若者への幻滅のなかでみずから命を絶ったことは、ベンヤミンの心に生涯癒されることのない傷を残した。彼はハインレを戦争の最初の犠牲者と考えるとともに、その死後に生き残っていることに対して罪責感を抱き続けている。そこには、自分が兵舎の前に赴いたことも自殺の要因だったのでは、という思いが含まれていたかもしれない。

こうして喪失の傷を抱え込んだベンヤミンは、終わりなき哀悼を一連の十四行詩《ソネット》に込めている。その一節をここに引いておこう。「目覚めていた彼の眼差しが、／道に迷ったときの唯一の灯《ともしび》だった。〔中略〕今はもうこの同伴者はいない。／すべての精神の黙せる鏡は、砕けてしまった」。ベンヤミンは、ハインレの優しい眼差しに魅せられていたという。

ベンヤミンは、およそ十年にわたってハインレに捧げる詩を書き継いだばかりでなく、すでに触れたように、その後もハインレの作品を大切にして、これを世に送る機会を求めている。そのことは、一九三二年に書かれたベンヤミンの遺書のなかで、「私の財産」として、彼の著作の原稿とともに「ハインレ兄弟の仕事」——夭折《ようせつ》した弟のヴォルフも、詩や戯曲を書いていた——が挙げられていることからもうかがえよう。

このようにハインレの自殺は、ベンヤミンの心に深く刻まれ、折々に甦ってくる出来事であっただけにとどまらない。それは、彼が仲間とともに「談話室」を拠点に推し進めてきた青年運動の限界を突きつける出来事でもあった。「ベルリン年代記」に記されているように、親友の死に打ちひしがれた彼と仲間たちが、法律のために未婚の二人を一つの墓に埋葬できないという現実に直面させられたとき、自分たちの運動と、それが変革しようとした社会に対する深い絶望が、若者たちのなかに呼び起こされたにちがいない。

一九一四年の六月二十二日に、ベンヤミンは自由学生連合のベルリンの組織の議長に選ばれていた。その就任講演で朗読された「学生の生活」において彼は、国家と癒着し、学問の社会的な有用性を優先させる大学と、「職業および結婚生活とともに、魂を市民階級《ブルジョワジー》に売り渡してしまう」学生を厳しく批判したうえで、どの学生も「一部分では同時に創造者、哲学者であり、かつ教師でもある」ことを要求している。そのような学生が、大学を「絶えざる精神的革命の場」に変え、就職と結婚によって現存の秩序に奉仕させせられる状況を変革しなければならない。

そのような主張を貫くために、ベンヤミンは、ハインレをはじめとする友人たちとともに、創造する精神として青春が言葉となる場を、「談話室」というかたちで発展させようとしていた。しかし、戦争の勃発と友人の自殺は、若者たちが進めた「人々の境遇に手をつけることなく、その態度を変革しようとするぎりぎりの英雄的な試み」に、決定的な蹉跌を強いたのだ。

ヴィネケンとの訣別と死者に捧げられる批評

ハインレの死後、ベンヤミンは運動の一線から身を退いて、青春のための「精神的革命」の思想をさらに先鋭化させていった。その過程で彼は、ついにヴィネケンと訣別《けつべつ》することになる。

おそらくは思想の齟齬が兆しているのを感じながらも、ベンヤミンは、一九一三年十月にカッセル郊外の丘陵地帯ホーエ・マイスナーで開催された全ドイツの青年運動の集会では、ヴィネケンと行動を共にした。その際の演説では、この指導者はまだ戦争に対する懸念を表明していた。

しかし、翌年の十一月にヴィネケンが「戦争と青年」という講演を行ない、戦争を青年にとっての「倫理的体験」として称賛するに及んで、ベンヤミンは態度を変える。師と仰いでいた人物が青年を戦争の犠牲に供することで、その思想の核心にあるはずの青春の理念をみずから裏切っていることを悟ったのだ。そして、すでに公開書簡を出してヴィネケンに抗議していた友人のハンス・ライヒェンバッハに呼応するかたちで、師に対して絶縁状を書き送るのである。

ベンヤミンはこう記している。「これをもってあなたと完全に、いかなる留保もなく絶交することを宣言する以下の文章を、忠誠の最後の証しとして、そしてただそれだけのものとしてお読みくださるようお願いいたします。〔中略〕あなたのなかの観想《テオリア》は曇ってしまいました。あなたは、あなたの弟子を愛する女性に対してひどい、唾棄すべき裏切りを犯しました。あなたは、あなたからすべてを奪った〔すなわち教職を剝奪した〕国家に、とうとう青年を生《い》け贄《にえ》として捧げたのです」。

一九一五年三月九日という日付を持つこのような絶縁状をしたためたとき、ベンヤミンはすでに「友人」ハインレに捧げるヘルダーリン論を書き上げていた。この「フリードリヒ・ヘルダーリンの二篇の詩」は、批評家ベンヤミンの誕生を告げる著作である。そのなかで彼は、「詩人の勇気」から「臆する心」へのヘルダーリンの改稿を検討し、とくに後者が、あらゆる危険に身を開き、まさに死のなかで世界が立ち現われる出来事を生きる詩人を語っているのを見届けている。

ベンヤミンがヘルダーリンの詩を論じて、その核心にある詩人の像を浮き彫りにするとき、ハインレという「詩作において出会った唯一の詩人」の姿が脳裡に浮かんでいたはずだ。あるいは、一九一七年に書かれたドストエフスキーの『白痴』についての評論において、この長編小説の主人公のムイシュキン公爵の生を「忘れがたい」と形容するとともに、彼の生は、「記念碑や形見がなくとも、いや、もしかすると証言すらなかったとしても、忘れ去られることはありえないはずだ」と述べるときにも、ハインレの忘れがたさがベンヤミンの念頭にあったにちがいない。

ベンヤミンは、このドストエフスキー論のなかで、「不滅である生を表わす一つの純粋な言葉」こそ、「青春」であるとも語っている。すでに「青春の形而上学」において青春は、「日記」の言葉を媒体とする想起のうちに、不滅の生として甦ってくるとされていた。今や青春は、死者の「忘れがたい」生のうちにあり、それはハインレのことを想起し続けるところから考えられている。

友人のシェーンに宛てた一九一七年二月二十五日付の手紙でベンヤミンは、自分のヘルダーリン論について、歴史的で批判的なヘルダーリン全集を編集していたノルベルト・フォン・ヘリングラートに読んでほしかったと語っている。しかし、ヘリングラートは、一九一六年の十二月十四日に戦死していた。戦争が長引くなか、ベンヤミンの周囲も死の影に覆われつつあった。彼は、そのような「夜」のただなかにあって、言葉をもって闇に抗って闘っていた。

この闘いは、「その最も深い闇を揺り動かして、夜の光を引き出さなければならない」。一九一六年末に書かれたブルーメンタール宛の手紙において、ベンヤミンはこう語るとともに、闇に抗うこの思考の闘いを「批評」と呼び始めている。

批評は、あらゆる方向から死が迫ってくる困難な状況に、死者の記憶を胸に踏みとどまり、そのなかから「死後の生」を含めた生の道筋を、言葉で照らし出そうとする。夜闇へ分け入る批評の歩み。その支えになるのは、同じ手紙によれば、「友の足音」だけである。

インテルメッツォI
クレーとベンヤミン

パウル・クレー《奇跡の上演》(1916年／ニューヨーク近代美術館所蔵)

……具体的に個々の絵を見たり、巨匠の作に向き合ったりしても、これだと思うような高揚を味わったことがまだないからね。最近の画家で、こうした意味で感動させてくれた唯一の画家は、クレーだ。

一九一七年十月二十二日付ゲルショム・ショーレム宛書簡

「この絵は、自分が見たクレーの絵のなかで最も美しい」。ベンヤミンがショーレムに宛てた手紙に記されたこの言葉は、《新しい天使》について語られたものではない。それ以外にベンヤミンが所有していたもう一枚のクレーの絵、《奇跡の上演》について述べられた言葉である。

ベンヤミンは、一九一六年に描かれたこのクレーの作品を、一九二〇年の誕生日に妻のドーラから贈られている。《奇跡の上演》は、彼を魅了した。その画面では、幾何学的なモティーフと有機的なモティーフが、豊かな色彩とともに絶妙のバランスを保ちながら、多次元的に「上演」の舞台を構成している。天幕を思わせるような画面の上端の切り取られ方も、劇場を思わせる奥行きをもたらしていよう。

もしかするとベンヤミンは、相対立するものが一つの構成のなかで均衡を保ちながら静止するこの《奇跡の上演》を見るなかで、彼の「静止状態にある弁証法」の概念などの着想を得たのかもしれない。少なくとも、この絵を日々眺めてクレーへの関心を深めたことが、《新しい天使》の購入を動機づけたはずだ。

ベンヤミンは、一九二一年五月末にミュンヒェンで学んでいたショーレムを訪問した際に、ユダヤ人の画商ハンス・ゴルツの画廊に展示されていたこの絵を、千マルク〔ショーレムは当時のレートで十四ドルほどだと述べているが、それに従えば、今日の二万円に満たない〕で購入している。ベンヤミンはそれに先立って、四月にベルリンで開催された小さなクレー展の会場で、この絵を一度見ている可能性がある。

ベンヤミンは、ミュンヒェンで《新しい天使》を手に入れた後、身辺が落ち着かないことを理由に、半年近くショーレムに預けている。ベンヤミンが「歴史の概念について」の「歴史の天使」が描かれるテーゼに題辞《エピグラフ》として引用する「天使の挨拶」という詩は、ショーレムが《新しい天使》を見ながら、ベンヤミンの一九二一年の誕生日の贈り物として書いたものである。

その年の晩秋にこの絵を受け取ったベンヤミンは、亡命した直後の二年ほどの空白を挟みながら、最後の亡命の途に就く直前まで、この絵をずっと居室の壁に掛けていた。彼はパリを脱出する前に、《新しい天使》を、『パサージュ論』のための草稿などとともにジョルジュ・バタイユに託して、パリの国立図書館の奥に隠してもらっている。

ベンヤミンの死後、《新しい天使》はまず、アメリカに亡命していたアドルノの手に渡った。戦後、彼がドイツに戻ってからは、この絵はフランクフルトの彼の自宅に掛かっていた。そこで生前のベンヤミンを知る人々が、《新しい天使》を囲んで彼のことを語り合ったという逸話も残っている。

一九六九年にアドルノが亡くなると、この絵はベンヤミンの遺言にもとづいて、ショーレムの許に送られた。彼が亡くなった後、《新しい天使》は、イェルサレムのイスラエル博物館に寄託されている。一方、《奇跡の上演》はどうなったかと言うと、ベンヤミンは、亡命生活の資金繰りのために売却してしまったようだ。一九三七年に、ニューヨークのニューマンという画廊のカタログに現われた記録がある。この絵は現在、ニューヨーク近代美術館に収蔵されている。《奇跡の上演》と《新しい天使》は、二〇一六年四月から八月にかけてパリのポンピドゥー・センターで行なわれた大規模なクレー展「パウル・クレー——作品におけるイロニー」の一角で再会している。それまで、これらが一つの展覧会で同時に展示される機会はなかった。

その意味でも画期的だったパリでのクレー展に際しては、彼の画業を新たな視角から考察する国際コロックも開催された。その発表の一つは、《新しい天使》の台紙に用いられている、十九世紀に制作されたルターの肖像の版画に着目していた。その隅には、この肖像のモデルとなった有名なルター像の作者ルーカス・クラナッハ〔父〕のモノグラムを、クレーが模造した跡が残っているという。

ベンヤミンが絵を額から外したときに気がついていたかもしれないこうした事実については、今後研究が進むにちがいない。それが示す彼と《新しい天使》という思考の伴侶との関係もさることながら、彼とクレーの同時代性も注目に値しよう。両者の思想的な呼応も、さらに掘り下げられるべきではないだろうか。

　奇しくも同じ一九四〇年に没したベンヤミンとクレー。二人のあいだに直接の面識はなかった。しかし、両者はともに第一次世界大戦による破壊と喪失から深い衝撃を受けながら、荒廃した、そして新たな破局に向かいつつある世界における表現の可能性を追求していた。

　その際に、いったん作り上げられた作品への批評的な介入、そして破壊による構成の方法を構想したという点でも、両者には相通じるものがある。ベンヤミンは、歴史のモンタージュ的な構成について「「破壊」を前提とする」と述べているし、クレーは、ドイツ軍の兵士として体験した第一次世界大戦の頃から、作品に鋏《はさみ》を入れて新たな画面を構成する切断コラージュを繰り返し実践している。

　このような批評を含んだ方法によって両者は、クレーの詩に語られる「死者たちのところや、未だ生まれざる者たちのところ」へ赴《おもむ》こうとしたのではないだろうか。思想の呼応を感じ取っていたからこそ、ベンヤミンは「経験と貧困」において、「新たな未開の状態」で「最初から始める」者の一人にクレーを数えているにちがいない。しかし、皮肉なことに、二人はともに一九三〇年代に、ナチスによって作品を発表する機会を奪われた末に、亡命を余儀なくされた。

第二章　翻訳としての言語——ベンヤミンの言語哲学

言語という領域においてのみ、このような独特の結びつきで見いだされる、受容にして同時に自発的であるさま。そのために言語は、自己自身の言葉を有している。そして、この言葉は、名なきものを名のうちに受け容れる先の営みも表わしている。それは、事物の言語の人間の言語への翻訳という言葉である。翻訳の概念を、言語理論の最深の層において基礎づけることが不可欠である。

「言語一般および人間の言語について」

第一節　言語は手段ではない

ショーレムとの出会い

死の影に覆われた時代にあって、思考はその闇に立ち向かう。その闘いをベンヤミンは、一九一六年の末に批評と名づけていた。死者を胸に抱いた彼は、師と仰いでいたヴィネケンを含め、戦争に荷担し、若者を戦場へ駆り立てる者の言論の欺瞞を見抜いていた。そして、ヘルダーリンの詩をはじめ詩的な作品のうちに、現実の世界では押し潰された青春が、言葉として甦る余地を見いだそうとしていた。

ここで注目したいのは、ベンヤミンがこうして時代の闇を歩み抜こうとするなかで、批評する思考が表わされる媒体としての言語について省察を深めていたことである。言語とは何か。第一次世界大戦のさなかにこの問いは、まっすぐに言語の本質へ差し向けられている。

そのことを示すのが、一九一六年の秋に成立した「言語一般および人間の言語について」にほかならない。この論考は、ベンヤミンの生前に公刊されることはなく、ごく親しい友人のあいだだけで回覧されていた。このなかに当時、後にユダヤ神秘主義研究の権威となるショーレ

ゲルショム・ショーレム(1925年頃)

ムが加わっていた。ベンヤミンが「言語一般および人間の言語について」の執筆を最初に伝えているのも、彼に宛てられた一九一六年十一月十一日付の手紙である。

ショーレムとベンヤミンは、一九一五年の七月に作家クルト・ヒラー――前章で触れたベンヤミンの「学生の生活」は、ヒラーが編集していた雑誌『目標《ダス・ツィール》』に掲載された――の講演とそれに関する討論が行なわれた後、大学の図書館で出会っている。討論の際にショーレムは、ヒラーがニーチェに拠って歴史を生に敵対するものと論難したのに反論していた。

図書館でベンヤミンは、発言についてもう少し話を聞きたいとショーレムに声を掛け、グルーネヴァルトの自宅へ招いた。以来二人は頻繁に会うようになる。ベンヤミンの徴兵検査の前日にもショーレムは、兵役不適格と診断されるよう大量のコーヒーを飲んで徹夜するのに付き合っている。結果としてベンヤミンは、一年間の徴兵猶予を得た。

ブーバー批判

こうしてベンヤミンと固い友情で結ばれたショーレムは、言語をめぐる思想の深化の伴走者の役割も果たすようになる。そのことを示す出来事の一つが、マルティン・ブーバーからの雑誌『ユダヤ人』への寄稿依頼を、ベンヤミンがショーレムと話し合ったうえで断わったことである。拒否を伝えるブーバー宛の一九一六年七月十七日付書簡には、すでにベンヤミンの言語哲学の核心をなす思想が表われているが、この点に立ち入る前に、『ユダヤ人』誌への協力要請を拒んだ背景にある、彼のブーバーの立場に対する態度にも触れておく必要があろう。

ハシディズム〔義人《ハシッド》の神秘体験を軸に共同生活を営むユダヤ教の信仰形態〕の復興に力を注いだ宗教思想家として、ブーバーは当時、ドイツのユダヤ人の若者のあいだで影響力があった。ベンヤミンも、彼を「談話室」の講演会に招いたことがある。しかし、ベンヤミン自身は、ブーバーがそのハシディズム研究の延長線上で、直接的な体験とその共有にもとづく共同性を重視していたことに対しては、当初から批判的だった。

そのような立場からブーバーは、第一次世界大戦の開戦を歓迎する姿勢を示していた。しかも、友人のグスタフ・ランダウアー――反戦を貫いたこのアナーキストの『社会主義への呼びかけ』を、ベンヤミンもショーレムも読んでいた――が「戦争ブーバー」と揶揄《やゆ》するほどの熱狂ぶりだった。ブーバーは、ドイツとオーストリア＝ハンガリーの両帝国が、ロシアの支配からの諸民族の解放を謳《うた》って戦線を拡大するのに呼応しながら、戦争体験のうちにユダヤ的な共同性の実現の場を見ようとしていたのだ。

このことは、一九一六年四月に創刊された『ユダヤ人』の「スローガン」において、「この戦争のユダヤ的体験」によって心を揺さぶられたユダヤ人のうちに、「新たなユダヤ性の統一が表現されている」と述べていることからもうかがえる。このような彼の戦争に対する肯定的な態度と、その背景にある体験崇拝には、ベンヤミンはショーレムとともに憤激すら覚えていた。ただし、ベンヤミンのブーバーに対する批判に、シオニズムに対する態度が影を落としていることも忘れられてはならない。

シオニズムからの距離

ベンヤミンと、ユダヤ人の民族国家の樹立を目指すシオニズムとの接触は、一九一二年に遡《さかのぼ》る。その年の夏の休暇にバルト海沿岸のシュトルプミュンデ（現在はポーランドのウストカ）に滞在していたベンヤミンは、そこでシオニストのクルト・トゥフラーとルートヴィヒ・シュトラウスに出会っている。休暇が終わった後もこの両名は、手紙をつうじてベンヤミンをシオニズムの陣営に引き入れようと試みたが、彼は結局説得されなかった。

両名のうちシュトラウスは、文学を志していて、同じアーヘン出身のハインレとベンヤミンが出会う機縁をもたらした人物でもある。後にブーバーの娘婿となるシュトラウスに宛てたベンヤミンの手紙が残っているが、そのなかで彼は、ヴィネケンが主唱するヴィッカースドルフの教育理念をつうじてユダヤ性を自覚した自分にとって、ユダヤ教はあくまで精神的な次元を代表するものだと繰り返し説明している。当時二十歳のベンヤミンとしては、「シオニズムを自分の政治的な基盤に据えることはできない」のだ。

シオニズムから距離を置いていることと同時に、シュトラウス宛の書簡において注目されるべきは、自分のユダヤ教に対する態度が祭祀などの直接的な「体験」にもとづいていない点を強調していることである。ユダヤ的なものはあくまで言葉、とりわけ書物をつうじて経験された。そのようにユダヤ性に関して体験を否定し、精神的な経験に軸足を置くベンヤミンの論調には、すでに後の体験批判が兆している。それが数年後に、戦争を「倫理的体験」と称揚するヴィネケンと、戦争の「ユダヤ的体験」の共有を呼びかけるブーバーの批判に先鋭化する。

とりわけ後者は、戦争体験の共同体へ読者を巻き込むべく、『ユダヤ人』誌の「スローガン」で修辞を駆使していた。そのやり方は、画家のオットー・ディクスらが描き出しているような塹壕《ざんごう》戦の現実を覆い隠すかたちで戦争を美化するのみならず、美化への陶酔を民族の共同性へ直接に結びつけようとすることでもある。

こうしたブーバーの言論を貫く政治から、ベンヤミンは、ユダヤ人の共同体を体験の崇拝に

言葉そのものの尊厳へ

オットー・ディクス版画集『戦争』(1924 年)より《1917 年の死の舞踏》(ニューヨーク近代美術館所蔵)

よって立ち上げようとする一種のシオニズムを嗅《か》ぎ取っていたにちがいない。しかも、体験の共同性が醸成する「新たなユダヤ性」を唱える際に、ブーバーは、言語を政治的な影響力を及ぼすための手段にしている。彼に宛てた一九一六年夏の書簡におけるベンヤミンの批判は、この点に照準を合わせている。

　ベンヤミンにとって、ブーバーのそれを含め、『ユダヤ人』誌の創刊号に掲載されている論考の多くが、そもそも戦争に対する肯定的な態度において強い違和感を催すものである。さらに、これらの著者が言葉そのものを、戦争に荷担するよう読者を動かすための手段としか捉えていないことは、到底許容できない。そのように寄稿を拒否する理由を述べるベンヤミンの議論のうちには、約四か月後に「言語一般および人間の言語について」で展開される、彼の言語哲学の基本的な視点が示されている。

ベンヤミンによると、「人々を特定の行為へ動かす」ための手段としてのみ言葉が用いられるとき、その行為は、計算された効果でしかない。言語が「たんなる手段」と化すところには、みずから何かを始めるという意味での行為――アーレントが語った世界に「始まり」をもたらす行為――はもはや存在しない。

そのとき、空虚な言葉が自動的に連なって、「蔓延《はびこ》って」いく。それぞれの言葉がそれ自身に相応しいかたちで何かを語り出す息遣いから引き剥がされ、外的な情報を伝達するための手段、すなわち記号として流通するようになると、言葉は常套句と化してさらに増殖するのだ。

そのなかで一人ひとりの思考は、記号の自動的な連鎖に組み込まれて麻痺してしまう。その後に残るのは、自動的な反応としての行動だけである。この行動の次元で人々が束ねられることが、総力戦としての戦争の継続を可能にしているのを、ベンヤミンは見抜いていた。

だからこそ、手段としての言葉を蔓延させる「行為」を、ベンヤミンは「おぞましい」と形容する。彼にとって言語そのものは、けっして特定の行動を促すために使える道具ではない。それぞれの言葉が何かを伝えるとすれば、それは言葉の外にある情報を媒介することによってではなく、むしろ言葉が「みずからの尊厳と本質を純粋に開示することによって」である。

こうして言葉が自己自身の力を発揮するとき、それはベンヤミンに言わせると、「非＝媒介的《ウン＝ミッテル＝バー》」である。つまり、真に何かを語る言葉は、けっして情報伝達の手段とはなりえないかたちで、自己自身を直接に語り出すのだ。言語とは、その出来事にほかならない。ただし、このときそれぞれの言葉は、すでに「青春の形而上学」のなかでも述べられていたように、沈黙に耳を澄ますなかから響き始める。そのことは、ブーバー宛の書簡によれば、「語りえないものを言語において、結晶として純粋に消去すること」にもとづいている。

語りえないものを消去すること。ここにあるのは、「言葉を拒まれているもの」を透過し、響き出させる結晶のような媒体――これをベンヤミンは後に、「像《ビルト》」と呼ぶことになる――が、沈黙のなかから析出される出来事である。したがって、言葉を発することは、「言葉が最も内奥の沈黙という核に達する」ことと表裏一体なのだ。

すでに流布している情報ではなく、未だ言葉になっていない事柄がみずからの言葉を見いだすところに、言語そのものが息づく。一つの言葉が沈黙の夜のなかに生じ、何かを新たに語り出すとき、言語が自己自身の力を発揮する。

ベンヤミンは、ブーバーに宛てて書簡をしたためた後、「言語一般および人間の言語について」を書いて、この出来事を解き明かすことに思考を傾注させている。このことは、空虚な言葉の蔓延によって絞め殺されることを拒否しながら、今は黙してしまった死者たちとともに言葉を生きる道筋を、言語そのもののうちに探ることでもあろう。

第二節　言語とは名である——「言語一般および人間の言語について」

言語の最初の出来事へ

言語とは何か。例えば人間は、アーレントが人間存在の基本的な条件として述べているように、つねに他の人々とともに生きているが、その際に言葉を交わすことは欠かせない。あるいは、それぞれの事物が意味を帯びて立ち現われてきて、分節化された世界が開かれることは、人間という脆弱な生き物の生存の条件をなしているはずだが、ここにも言語が介在している。そう考えると言語は、この世界で人々のあいだに生きること自体を構成していることになろう。

では、そのような言語の本質はどこにあるのだろう。たしかに、言語とは「コミュニケーション・ツール」だと割り切ることは容易《たやす》い。ただしこの見方は、ある言語が一定の時点で、情報伝達ないし意思疎通の道具として機能している面だけを切り取ることにもとづいている。しかも、このとき言語は、言葉を発する息遣いからも、その行為に内在する言語の生成の動きからも切り離されてしまっている。そのような抽象によって捉えられた言語は、結局のところ、もはや何も語らないのではないだろうか。

ベンヤミンが「言語一般および人間の言語について」のなかで、言語を「伝達の手段」としてのみ見る道具主義的な言語観を「ブルジョワ的言語観」と呼び、その「根拠薄弱さと内容空疎さ」を批判するときに念頭にあったのは、このような疑問であろう。

もちろん、文法などを学習して伝達の手段を使いこなせるようになることは、言語習得の重要な一側面にはちがいない。しかし、言語との関わりをその次元に還元してしまうことは、言葉を発する働きを空洞化させ、この働き自体を、言語が伝達の手段として機能する規則に、ひいては言語がそのような道具と化した社会の規範に従属させることに行き着く。

ベンヤミンは、それによって言葉が自動的に連鎖すること——それはこの言語論においては、キルケゴールの言葉を借りて「お喋《しゃべ》り」と呼ばれている——に、さらにはこれに対する人々の反射的な行動にも戦慄を覚えながら、言語そのものへ問いを差し向けていた。空虚な言葉の蔓延と、それに対する精神なき反応が、戦争の遂行を支えていることを見据えながら、ベンヤミンは、言語が一つひとつの言葉の姿で語り出される最初の出来事へ思考を傾注させる。この出来事においてこそ、言葉は何かを語るのである。

媒体としての言語

このようなベンヤミンの言語そのものへのアプローチは、「言語一般および人間の言語について」の冒頭部に見られる次の一節に、端的に表われている。「要するに、例えばドイツ語とは、私たちがそれによって《ドゥルヒ》表現できる——と誤って考えている——ものすべての表現では断じてなく、ドイツ語において《イン》伝わるものの直接的表現なのである」。言語は、「それによって」言葉の外にある情報を間接的に伝えるための手段ではない。そうである以前に言語においては、ある言葉が発せられることと、何かが語り出されることとが一つになっている。

そのことを、ある事柄を言い当てる唯一無二の言葉が存在することから考えてもよいだろう。媒体《メディア》という語の今日の意味からすると逆説的に響くかもしれないが、そこにある「非＝媒介的」な出来事の現場として、言語はその存在の初めにおいて「媒体《メディウム》」をなすとベンヤミンは考えている。「あるいはより正確に言えば、どの言語も自己自身において伝わるのであり、言語とは最も純粋な意味で伝達の「媒体」なのである」。

それぞれの言語は、一つひとつの言葉を具体的な媒体として姿を現わす。このときその言語自体が「伝わる《ジヒ・ミットタイレン》」——この言い方はドイツ語では、同時に心中を打ち明けることも表わしている——のだが、こうして具体的な言語が「媒体」として生じる出来事を、ベンヤミンは、言語学で言う動詞の中動態になぞらえている。

中動態とは、ドイツ語の再帰動詞——ある言語自体が「伝わる」ことも、再帰動詞で表わされる——にも痕跡を残す動詞の態である。言語学者のエミール・バンヴェニストによると、中動態は、動詞が表現する過程のなかで動作の主体が変化ないし生成する出来事を表わす。例えば、心中を「打ち明ける」という場合、秘めてきたことを表白する者へ動作主体が変貌する。

ベンヤミンに言わせれば、言葉の姿で語り出される出来事のなかで、それぞれの言語は、具体的に一つの言語となって現われる。そして、音声や文字の形を取るそれぞれの言葉の具象的な姿は、この言語という出来事がそこ「において」生じるとともに伝えられる、「中動態にあるもの《ダス・メディアーレ》」である。この意味で言語は媒体なのである。

念のために付け加えるなら、それぞれの言語が「自己自身において伝わる」以前に、すなわち人間の場合には言葉という形を取って現われる媒体の外部に、言語の存在を想定することはできない。そして、一つの言語が具体的な言葉となって発せられる出来事は、けっして外から統御されえない。それゆえベンヤミンによれば、メタ言語を想定できず、伝達の手段として用いることもできないという意味で、それぞれの言語には「共約不可能な独特の無限性」が具わっている。

とすれば、言語という出来事は、言うまでもなく、それ自体としては言語学上の分類としての中動態にも収まらないことになる。ただし、言語は無限の生成とともに姿を現わすとはいえ、その媒体は、「媒体」と訳される欧米語の語が、絵の具の溶媒や画材も意味することから分かるように、音声なり文字なりの物質的な厚みをつねに含んでいる。この点についてベンヤミンは、後に『ドイツ悲劇の根源』をはじめとする著作において省察を深めることになる。

言語の本質としての名

ともあれ、言語とは「自己自身において伝わる」媒体であると述べるとき、ベンヤミンの念頭にあるのは、真に何かを語る言葉が、おのずから発せられるという事態である。もはや「私」という主体が何かを語るのではない。初期ロマン主義の文学者ノヴァーリスが言語の「独白《モノローグ》」として語ったように、言語が自己自身を語るのだ。まさにそれとともに、何かが言葉となって姿を現わす。そこには能動と受動の区別は存在しない。両者の区別を越えた、「中動態にあるもの」としての言語の出来事だけがある。

このことは、詩的な言葉を含めた物事の核心を響かせる言葉が、けっして恣意的には見いだされないことからも理解できよう。何かをぴたりと言い当てる言葉は、むしろ閃《ひらめ》くように到来する。このとき、実質的に何かが語り出されていることを、ベンヤミンは「名」の概念によって捉えている。「名とは、言語自体の最も内奥にある本質である」。ここにこそ、言葉が意味を湛《たた》えて何かを語ることの根拠がある。

言語とは名である。これが「言語一般および人間の言語について」の核心をなす命題である。そのことにもとづいて、言葉は何かを語る。言語がそれ自体として名であることは、この論考では、神が言葉で世界を創造したことを踏まえながら論じられている。聖書の「創世記」の冒頭で、神は、「在れ」という言葉とともに地上の事物を創造する。

　このとき、語りかけることと創り出すことが一つになっている。ここには、名という言語の本質が余すところなく発現している。そして、最後に土くれからアダムを創り、この最初の人間の身体に息を吹き込んだとき、ベンヤミンの「創世記」解釈によれば、神は「創造の媒体」としての言語を、「自身のうちから人間のなかに解き放った」。

　それゆえ人間の言語には、世界を創造し、完成させる神の言葉、すなわち被造物が無から生じ、地上に姿を現わす出来事そのものであるような言葉が息づいている。この名そのものであるような言葉を、ベンヤミンは「純粋言語」と呼ぶ。これが人間のなかから語り出されている。そのことは、人間が「名づける者」であることに表われているという。

　ベンヤミンによれば、人間の言語は分節化された「言葉《ヴォルト》」として響くが、人間の言葉は突き詰めれば、「名づける言葉」である。言葉を発するとは、名づけることなのだ。では、人間が名づけるとはどういうことだろうか。

　ベンヤミンは、それをアダムによる被造物の命名から解釈している。この最初の人間は、神が創り出したもの一つひとつにその名を与えていった。この営為をつうじて人間の前に事物が姿を現わし、世界が開かれていく。つまり、それぞれの事物の存在が現実として語り出されるのだ。そのことの肯定性ないし積極性に、名という言語の本質が発揮されている。

神が、創造した世界を「きわめて良し」としたように、人間も名づける際に、自分が出会う被造物の存在を肯定する。そのことのうちには、その存在を地上の世界の現実にする積極性、さらに言えば、創造性が含まれている。人間の言葉が本質的に「名づける」ものであるとすれば、発語そのものが、根源的には創造的な肯定なのである。

固有名としての言葉

ベンヤミンによると、このことは何よりもまず、固有名を呼ぶことから考えられる必要がある。「なぜなら固有名とは、人間の音声となった神の言葉だからだ」。彼が固有名を呼ぶ場面として例示しているのは、生まれたばかりの自分の子に、親が名を授ける場面である。この子の名が最初に呼ばれるとき、その存在が唯一無二のものとして肯定される。それによってこの子の産声が声として聴き取られ、その誕生が世界の出来事となる。

このように固有名がその創造力を発揮するとき、人間の言語のうちに神の言葉が反響している。なぜなら神の創造も、人間の命名も、それぞれの被造物の特異な存在を肯定するのだから。たしかに、子に授けられる名をたんに記号として見れば、デリダも指摘するとおり、ありふれたものである。例えば「フランツ」は、作家カフカの、あるいは作曲家シューベルトのファーストネームであるばかりでなく、他の無数の人々の名前でもある。しかし、この名を呼ぶ発語そのものは、一人のフランツの唯一無二の存在へ向かっている。

こうして、固有名を呼ぶことにもとづいて言葉が発せられるとき、一つひとつの言葉に内実が宿る。その言葉は、この事物がそこにあることを、あるいはこの人やこの生き物がそこにいることを語り出し、これらの存在を証し立てているのだ。このことは同時に、未だ築かれていない応え合う関係へ向けて呼びかけることでもある。新生児の名は、まだ言葉で応えることのない子を前にして生じ、同時にこの子へ呼びかけられる。いつか語り交わす関係へ向けて。

そこには、「言語の本質法則」が表われているという。「その法則によれば、自己自身を語り出すことと、他のあらゆるものに語りかけることは同一なのである」。このことのうちに、言葉が何かを語り、他のものと応え合うことの始まりがある。つまり、言葉が本質的には名として、肯定にもとづいて発せられることのうちに、言葉の意味とコミュニケーションと呼ばれるものの可能性の源が、さらには言葉そのものの存在の根拠があるのだ。

沈黙のなかから響く言葉

なぜ言葉が発せられるのか。それは何かを、あるいは誰かを、その名で肯定するからである。ただし、地上の人間が被造物の存在を肯定することと、神の創造の業《わざ》が肯定であることとのあいだには、決定的な差異があるという。ベンヤミンによれば、神の言葉がその全面的に「自発的な創造」と一体になっているのに対して、「人間が事柄に与える名は、事柄がどのように人間に伝えられるかにもとづく」。

最初の人間が言葉を発するとき、被造物はすでにそこにある。新生児も、「恵み」としてそこに生まれている。このとき人や事物は、存在することを伝えている。物事や他人に遭遇するとは、その出来事に向き合わせられることなのだ。

このとき、それぞれの被造物が姿を現わしているのを受け止めること、さらに言えば、ベンヤミンが「事物の言語」と呼ぶ、それぞれの被造物の言語を聴き取ること、それにもとづいて名を本質とする言葉が生じる。つまり、他の被造物が存在することを肯定し、その言語に呼応する一つの言葉が、聴くことのなかから発せられるのである。このことへの洞察を示すベンヤミンの言語論は、言語に自己の根拠をなす耳を取り戻させる試みと言えるかもしれない。

語るとは聴くことである。それゆえ、言葉は沈黙のなかから発せられる。その沈黙とは、まずは聴くこと自体の沈黙であり、そのなかで聴く者は、黙している、ないしは未だ言葉として響いていない言語に聴き入る。そのなかから、何かを語る言葉が生まれてくる。

その意味でここにある沈黙とは、ベンヤミンが「青春の形而上学」において語った、新たな言語の母胎をなす沈黙にほかならない。この沈黙のなかに、何かが存在するという出来事を語り出し、現実を浮き彫りにする言葉が到来する。

こうして、後にベンヤミンが「像」とも呼ぶ言葉が発せられる出来事は、例えば一九二〇年代半ばから書き継がれた、訪問した都市についての一連のエッセイの一つ「サン・ジミニャーノ」――フィレンツェの南に位置し、中世の塔が建ち並ぶこの街の絵葉書を、彼は九枚も集めていた――において、まさに一つの像を浮かび上がらせるようなかたちで、こう言い表わされ

ベンヤミンのコレクションにあるサン・ジミニャーノの絵葉書．下の絵は，タガステの文法教師の訪問を受ける幼いアウグスティヌスを描く．
© Akademie der Künste, Berlin, Walter Benjamin Archiv

ている。「眼の前にしているものに言葉を見いだすこと——これがいかに困難でありうることか。しかし、ひとたび言葉が到来するなら、それは現実を小槌で打ち、銅板から打ち出すようにして、現実から像を浮き立たせる」。

第三節　翻訳としての言語

初めに翻訳がある

言葉を発するとは、遭遇する人や事物の存在を肯定することである。言葉は、これらのそれぞれ特異な存在を語り出すのだ。それは、アダムの発語がそうだったように、被造物の存在を、究極的には神の前で証し立てることでもある。しかもこの証言は、それぞれの被造物がその言語で姿を現わすのに応えている。それによって言葉は、被造物のあいだに応え合う回路を開こうともしている。その意味で言語は、何かを伝える前に、「伝達可能性そのものを伝える」とベンヤミンは述べている。

このような発語の営為を、言語の本質としての名が貫いている。つまり、言葉を発するとは、突き詰めるなら、神の創造物の一つひとつをその名で呼ぶことなのだ。それとともに、被造物は地上にその言語を、人間の言葉を媒体として響かせ始める。それゆえ人間の「名づける言葉」は、ベンヤミンによれば、あらゆる被造物がその言語においてみずからの存在を伝えていることも証言しているのである。

「生命を吹き込まれた自然においてであれ、生命を吹き込まれていない自然においてであれ、何らかの仕方で言語に参与していない出来事や物は存在しない」。地上の世界は、ベンヤミンが「言語一般」と呼ぶ、人や事物がそれぞれ自己自身の存在を伝える言語に満ちている。ただし、未だ声を持たないこれらの言語は、それに呼応する言葉を見いだすときに初めて響き始める。人間の言語は、このような森羅万象の照応の媒体をなす言葉として語り出されるのであり、そのとき個々の言葉において、他の被造物の言語を受け止めることと、それに語りかけることが一つになっている。

こうして受動と能動の一体性において、ボードレールが語った「万物照応《コレスポンデンス》」の媒体として言語が生じる出来事を、ベンヤミンは「翻訳」と呼んでいる。発語とはそれ自体として翻訳なのだ。だからこそ、彼は「言語一般および人間の言語について」のなかで、「翻訳の概念を、言語理論の最深の層において基礎づけることが不可欠」だと述べているのである。

地上の言語の初めには翻訳がある。翻訳とともに、それぞれの言語が言葉になる。とはいえ、このように言語そのものを創造する翻訳の概念を理解するためには、近代的な翻訳観から自由になっておく必要がある。

近代の言語観を越えて呼応のなかの生成へ

翻訳は今日でも一般に、「外国語」を解さない者のための補助手段と見なされている。そのような者が「外国語」の著作物などを、自分たちの言語で理解できるようにするために、翻訳が必要だというわけである。逆にその「外国語」が解《わか》るのであれば、この「原語」の「ニュアンス」を味わうためにも、補助手段を介さないほうがよいし、その「ニュアンス」は、詩的なものであればあるほど翻訳は不可能であるとも考えられていよう。

ただし、このように翻訳を、必要悪ですらあるような補助手段とする見方は、ある統一された言語に、同様に体系をなす「外国語」が対立することを、最初から想定している。しかしながら、そもそもこのような想定自体、ある民族ないし国民が一つの言語を話すという近代的な言語観の派生物にすぎない。そして、「国語」としての日本語の歴史も物語るように、国民国家の形成過程は、統一的な体系としての国民言語の整備とその訓育をつねに伴っていた。

こうした近代的な言語観の下では、言語は硬直し、「国民」という同類ないし同胞の仲間内に閉ざされてしまう。言語を規則的な記号の運用による意思疎通の手段と道具主義的に捉えるのであれ、反対に「民族精神」の精髄と本質主義的に捉えるのであれ——もとより両者は表裏一体の関係にあるが——、「われわれ」の言語は「われわれ」にしか解らないと想定されてしまうのだ。

言葉を発すること自体が翻訳だというベンヤミンの洞察は、そのような言語の分断を、言語の内側から乗り越える視座を示すものである。言語は、自分とは根本的に異質な、「人間」ですらない存在とのあいだで、それに呼応するなかに絶えず生じている。

翻訳以前に言語はない。そして、翻訳が言語の存在そのものであるとき、言語は、立場を共有することのない、さらには共有するものを持たない者のあいだでつねに生成の相にある。しかも、このとき言葉を発するとは、一つの言語を創造することであると同時に、それぞれの異質さを特異なものとして、つまりその名において肯定することである。

このことはけっして複雑な事態ではない。すでに言語の本質を「名」に見るベンヤミンの議論に関連して述べたように、遭遇したこの人が、あるいはこの物事がそこに存在することを受け止め、これに応えるところに言語の源があり、そのとき、複数の言語が新たに響き始めているというだけのことである。このことを洞察するベンヤミンは、彼の同時代人で、ブーバーとともに聖書の翻訳に取り組んだフランツ・ローゼンツヴァイクが、異なった「舌と舌のあいだを架橋する」のが翻訳だと述べているのにも呼応していよう。

このような翻訳が言語にとって根源的であるとき、後にデリダも語るように、一つの言語は他の被造物が到来する媒体である。その言語には、他の言語も谺《こだま》している。このように、翻訳とともに一つの言語のうちに照応の回路が開かれることを念頭に、ベンヤミンは、「より高次の言語はいずれも(神の言葉を除いて)、他のあらゆる言語の翻訳と見なすことができる」と述べているのだろう。

言語とは翻訳である。地上で言葉が発せられる出来事は、それ自体が翻訳の活動なのだ。それとともに一つひとつの言語が創造される。そのように初めに翻訳があることが証し立てているのは、言葉が根源的に、異なった言語の語り手へ向けて語りかけられることにほかならない。異なった言語とのあいだに応え合う回路を、舌と舌のあいだの橋を求めるところからこそ、言語が生じる。そして、この回路が翻訳によって開かれるとき、もう一つの言語が、言葉として響き始めるのだ。

こうして翻訳をつうじて複数の言語が共鳴し始め、それとともに言葉に満ちた世界が立ち現われるとき、それぞれの言語は、ベンヤミンが翻訳に関して語る「変容の連続」を歩んでいる。発語そのものが、固有名としての名を呼ぶことであり続けるなか、言語は、他の被造物と生き生きと応え合う「万物照応」の媒体として、不断に創造されているのである。

バベル以後の言語の分立と閉塞

しかしながら、翻訳によって創出された一つの言語はやがて、事物や他人を知によって分類しながら、自己自身を組織化し始め、それとともに一つの独自の世界を語り始める。「言語一般および人間の言語について」の最後の部分でベンヤミンが見据えているこの事態が、自然の威力と渡り合いながら人間が生き延びる見通しを開いているとすれば、それはあらゆる共同体の神話に刻まれているだろう。そのとき、『啓蒙の弁証法』でアドルノがマックス・ホルクハイマーとともに述べているとおり、神話はすでに啓蒙である。

しかし、このときベンヤミンによれば、言語はすでに名という言語自体の本質を見失っている。言葉は、聴く耳を失い、沈黙から語り出されることを止め、一方的に饒舌を揮《ふる》い始めるのだ。そのなかで人間は、事物を、さらには他人を支配下に置くために、固有名とは別の恣意的な名称の付与、すなわち「異名の命名《ユーバーベネヌング》」を続ける。これによって人間がみずからの神話的な世界を形成することのうちに、ベンヤミンは「言語精神の堕罪《だざい》」を見ている。

つまり、最初の人間たちが知恵の実を口にして、知を自立させ、自分の手で世界を築けると思い上がってから、人々が造り始めたバベルの塔が神によって破壊されるまでの過程――「創世記」が物語る楽園追放以後の過程――で、言語は「万物照応」の媒体であることを止めてしまうのだ。

世界が沈黙してしまったなかで、人間の言葉だけがばらばらに、かつ空々しく響き始める。それとともに言葉を話す営みは、エデンの園を追放され、バベルの塔の崩壊後、相互に通じ合えないかたちで分立した言語の内部に組み込まれてしまう。

このことの帰結が、ドイツ語、フランス語、英語、日本語などがそれぞれ一個の独立した体系として並び立つ状況である。そのなかで人は自分の「母語」を持ち、言葉は、基本的にはある言語を身に着けた「仲間内」、すなわち「われわれ」のあいだでのみ通用すると錯覚しているのだ。今やこのことを誰一人避けることはできない。人はバベル以後の世界に、ある閉じた言語の内部に生まれ落ちる。

「言語一般および人間の言語について」を書いた後、ベンヤミンは、この言語論において捉えた言語の出来事としての相――言語とは、翻訳とともに絶えず沈黙のなかから言葉となって語り出される「媒体」であること――と、その核心にある肯定性を見据えながら、バベル以後の世界に、言語が再び照応の媒体として息づく余地を探っている。彼は、各言語の体系性のうちに閉塞し、記号の弁別機能の否定性に硬直することによって、言葉そのものが何かを語り出すことの、いや言葉が発せられること自体の根拠――これが「名」という言語の本質である――を見失ってしまった言語の内部に、他の言語と響き合う回路を切り開こうとしている。

分立して硬直したバベル以後の言語に再び息を吹き込む方法として、ベンヤミンが見いだしたのが、他言語で書かれた文学作品の翻訳である。一九二一年に書かれた「翻訳者の課題」では、一個の体系を装う言語を内側から揺さぶるような翻訳の理論が繰り広げられている。

第四節　方法としての翻訳――「翻訳者の課題」

原作の「死後の生」を繰り広げる翻訳

「初めに言葉があった」。ベンヤミンは、聖書の「ヨハネによる福音書」のこの言葉を「翻訳者の課題」に引いて、詩的な言葉の翻訳の原点に置いている。この翻訳論は当初、彼の編集による刊行が予定されていた雑誌『新しい天使』の創刊号に掲載されて、その雑誌における翻訳の位置について弁明を行なうはずだった。

しかし、すでに触れたとおり、雑誌の刊行計画が頓挫《とんざ》したために、「翻訳者の課題」は、一九二三年に彼の翻訳によるボードレールの「パリ情景」の独仏対訳版の序言として公刊された。そこに、神の言葉によって世界が創造されたことを語る聖書の言葉が引用されているのは、翻訳が「原作」、すなわち他言語の文学作品に、さらには作品を構成している言葉に応えるものであることを暗示するためである。

原作があるからこそ翻訳がある。その意味で「初めに言葉があった」ことにどこまでも忠実な翻訳の理論、それは先に見たような近代的な翻訳の通念を覆すばかりでなく、その前提となっている言語の枠組みをも打ち破る。それをつうじてベンヤミンは、翻訳のうちに原作を甦らせ、言語そのものを息づかせる道筋を指し示しているのである。

初めに原作がある。このことから出発する翻訳は、原作の言語を解しない読者のために行なわれることはない。翻訳が読者に奉仕するなら、読者の言語によって原作の言葉を窒息させてしまう。むしろ翻訳は、原作自身の「死後の生《ナハレーベン》」、さらにはその言葉の「追熟《ナハライフェ》」のために行なわれる。翻訳するとは、原作が「死後も存続する《フォルトレーベン》さまざまな段階」を刻んでいくことなのだ。このとき翻訳には、それが「原作の後から来る」ことも銘記されている。

翻訳は原作の「残存」、すなわちそれが書き残されてある姿から出発せざるをえない。そこにはもはや自然の生はない。にもかかわらず翻訳が証し立てるのは、原作の言葉が痕跡と化した後も、「変容と新生」を遂げながら語りかけてくることなのだ。その意味で翻訳とは、原作がその死後の生を、歴史において繰り広げる媒体にほかならない。翻訳するとは、この媒体を言語のうちに形成する営為であり、それは後に見るように、言語を破壊することでもある。

そのように翻訳を考えるなら、そこにはベンヤミンが「翻訳者の課題」において「哲学」と呼ぶ批評的な思考が含まれていることになろう。だからこそ、彼はそこで、「あらゆる自然の生を歴史のより包括的な生から理解するという哲学者の課題」を語っているにちがいない。そして、言葉を発すること自体が翻訳であることをここであらためて思い起こすなら、そこには言語と、彼が後に思考を集約させる歴史との深い結びつきも暗示されていよう。

では、文学作品の翻訳が、原作の「死後の生」の展開を一つの歴史として証言する媒体となるとは、具体的にはどういうことなのだろう。この問いに答えるためにベンヤミンは、原作が文字として残されている姿に細やかに寄り添う翻訳の方向性を示している。それぞれの語によって「意味されるもの《ダス・ゲマインテ》」を伝達する——これを目指すのが、彼が「劣悪」と評する意訳である——のではなく、語が具体的に「意味する仕方《ディ・アルト・デス・マイネンス》」に付き従う翻訳こそが、原作の言葉を別の言語において新たに響かせることができるのだ。

字句通りの翻訳と純粋言語

つまり、読者に奉仕して記号の意味、ひいては読者の言語で理解可能な内容に原作の言葉を解消し、原作自体の語る働きを抑圧する意訳ではなく、その働きが文字に表われている姿、すなわち「意味する仕方」の一つひとつに呼応する「字句通り《ヴェルトリヒ》」の翻訳が、原作の言葉を透過する媒体を形成するのだ。これをベンヤミンは、後に彼が研究するパリのパサージュを予感させるかたちで「アーケード」に喩えている。

「字句通り」に翻訳することを、ベンヤミンは器の欠片どうしを細やかに継ぎ合わせることになぞらえる。翻訳は、「愛を込めて、個々の細部に至るまで、原作の意味する仕方を、みずからの言語のうちに形成しなければならない」。しかも、こうして原作の言葉遣いを一つひとつ翻訳に刻み込むこと――それは意味の理解を絶えず遮断することでもある――によって目指されるのは、「欠片が一つの器の断片と認められるように、原作と翻訳の両者を、一つの大いなる言語の破片と認められるようにする」ことである。

「一つの大いなる言語」、それはベンヤミンが「言語一般および人間の言語について」以来、「純粋言語」と呼んでいる言語にほかならない。そこでは、言葉を発することがそのまま――要するに記号の意味の媒介なしに――創造である。そのような神の言語の純粋性と創造力を、人間の言語も分有しているはずなのだが、このことはバベル以後の世界の人間のあいだでは、とくにその日常言語では忘れ去られてしまっている。

しかし、おのずと語られる出来事が、何かを語り出す働きと一体になっている言葉、この詩的な言葉には、わずかに純粋言語の痕跡が残っている。ベンヤミンは、そのような言葉の突き詰められた姿を、詩人マラルメが「詩の危機」で語る「ただ一度の打ち込みによって、それ自体として具体的に真理となる」ような言葉のうちに見ている。そこにある純粋言語の痕跡を、別の言語のうちに取り出す方法が翻訳である。それをつうじて、言語自体の創造的な働きの復元へ向けて補完し合う言語間の関係が示されるのだ。

もちろん、こうして異なった言語を響き合わせる翻訳によって、純粋言語が地上の言語にそのまま取り戻されるわけではない。純粋言語の復元は、ベンヤミンにとって「言語のメシア的終末」の出来事であって、人間が招来させうることではない。しかしながら、原作の言葉を響かせる翻訳によって、他の言語と応え合う回路が一つの言語のうちに生じるとき、その言語は、実質的に何かを語り出す――マラルメの言葉で言えば、「具体的に真理となる」――働きへ向けて生成の運動を始めている。

ただし、ベンヤミンにとってそこへ向けた翻訳は、すでに見たように、「字句通り」の翻訳でなければならない。それは原作の言葉遣いに対してはどこまでも忠実である一方で、翻訳する言語に含まれる記号の意味からは自由であり続ける。むろんそのことは、この言語に対して破壊的に作用せざるをえない。しかし、字句通りに翻訳することによる自己の解体を通過してこそ、それぞれの言語は、みずからの表現の可能性を見いだすことができるのである。

「母語」を突破する翻訳とその『新しい天使』における位置

このことを踏まえて、ベンヤミンは「翻訳者の課題」を次のように規定している。「異質な言語のうちに呪縛されているあの純粋言語を、みずからの言語のうちに救済すること、作品のうちに囚われているものを改作のうちに解き放つこと。これが翻訳者の課題にほかならない。この課題のために、翻訳者は自身の言語の朽ちた柵を打ち破る」。翻訳のうちにあるのは、神話的な作品像への批評的な介入による純粋言語の痕跡の救出であり、それは同時に、これもすでに近代の神話である翻訳者自身の言語、すなわち「母語」の限界の内側からの突破なのだ。それによってこそ、原作の生長の一段階が歴史として刻まれるとともに、翻訳者の言語も他の言語に開かれ、聴く耳を取り戻す。言語が、照応の経験の媒体として再び生成し始めるのだ。ベンヤミンは、「翻訳者の課題」が本来掲載されるはずだった雑誌『新しい天使』の予告文で、言語に自己の可塑性を思い起こさせる方法としての翻訳に、創作と批評に並ぶ地位を認めている。文学作品、とくに詩の翻訳という不可能にも見えることを潜り抜けることによってこそ、言語は他の言語とのあいだで、文学創造の源になる生成の運動を再開するのだ。

『新しい天使』の創刊を予告する文章のなかで、ベンヤミンは、この雑誌が初期ロマン主義の「文芸《ポエジー》」の媒体となった雑誌『アテネーウム』を範に構想されていることを告げながら、文学作品の創作と批評、そして他言語の作品の翻訳が、雑誌を支える三本の柱だと述べている。そのように翻訳が一見異様なまでに重要な位置を占めるのは、ベンヤミンによれば、それが文学創造の触媒になるだけでなく、「むしろ生成しつつある言語そのものに不可欠な、厳格な修練課程」をなすからである。

この「修練課程」の場を含む雑誌をドイツ語の読者に送り届けることは、第一次世界大戦の敗戦後の排外主義的なナショナリズムが台頭しかねない――その台頭はやがて現実となるわけだが――状況に切り込むかたちで、それ自身のうちにナショナリズムが刻印されたドイツ語の言語としての生命を、それが他の言語に開かれるところに見る可能性を指し示すことでもある。「時代の書《ツァイトシュリフト》」としての雑誌の公刊は、それ自体として「母語」の神話の批判を含んだ行為として企てられていたのだ。

このように考えるなら、「翻訳者の課題」に結晶するベンヤミンの翻訳論としての言語哲学は、一九二〇年から翌年にかけて書かれた「暴力批判論」における法の「神話的暴力」の批判と対をなす批評性を含んでいることになろう。いずれも敗戦後の、そして革命が潰えた後の状況に介入しながら、神話の批判をつうじて、その軛《くびき》から生命――それは、「死後の生」としても、つねに言語において自己を発現させる――を、その自由において救い出そうとするものと見ることができる。

とりわけ彼の翻訳論は、詩的な言葉の翻訳の方法を示しながら、一つの言語が他の言語と呼応する回路を、自己解体とともに見いだす道筋も、言語の生成の「厳格な修練課程」として指し示している。次章では、このように言語哲学も貫く批評としての思考が、雑誌『新しい天使』の柱の一つであるはずだった文学作品の批評を軸に、同時代の状況と対峙しながら繰り広げられていくさまを辿ることにしたい。ベンヤミンは、その媒体の息遣いを、言語哲学によって見いだしたのである。

第三章
批評の理論とその展開
――ロマン主義論からバロック悲劇論へ

批評とは、作品を壊死《えし》させることである。他のどれよりも、バロックの悲劇作品の本質がこれに対応している。作品の壊死。それは――ロマン主義的に――生きているもののうちに意識を呼び覚ますことではなく、作品のうちに、すなわち死せるもののうちに、知を植えつけることである。存続する美は、知の対象となる。そして、存続してなお美と呼ばれうるかについては疑問の余地があるとしても、知るに値する事柄が内奥になければ、いかなる美も存在しないことは確かである。作品のうちに再び美を呼び覚ますことを、哲学は否認しようとしてはならない。

『ドイツ悲劇の根源』

第一節　芸術批評の理念へ――『ドイツ・ロマン主義における芸術批評の概念』

結婚とベルンへの移住

「言語一般および人間の言語について」を執筆した一九一六年の秋、ベンヤミンはミュンヒェンで哲学を学んでいた。彼はその一年前から、決定的な挫折を味わった青年運動からの距離を明確にする意味も込めて、ベルリンを去ってミュンヒェンの大学へ転学していたのだ。彼がバイエルンの都を選んだ理由の一つは、婚約者のグレーテ・ラートがそこで学んでいたことである。

ベンヤミンは、この地に住むルートヴィヒ・クラーゲスと接触しようとも目論《もくろ》んでいたようだ。ベンヤミンは、クラーゲスの筆跡学に関する著作を、並々ならぬ関心を持って読んでいた。しかし、ベンヤミンが来たとき、クラーゲスはすでに戦争を避けてスイスに移り住んでいた。

ちなみに、ミュンヒェンで出会った一人に詩人のリルケがいる。彼とベンヤミンは、一緒にカントの『判断力批判』を検討するグループに加わったこともあった。その頃からベンヤミンの才能を認めていたリルケは、一九二〇年代の半ばにサン゠ジョン・ペルスの詩の翻訳の仕事を斡旋《あっせん》したりもしている。

約二年に及んだミュンヒェン時代において、まず特筆されるべきは、ベルリンの「談話室」の活動をつうじて知り合っていたドーラ・ゾフィー・ポラックとの関係が急速に深まったことであろう。彼女はすでにジャーナリストのマックス・ポラックと結婚していて、この頃はミュンヒェン郊外のゼースハウプトにあった夫の別荘に滞在していた。しかし、ベルリン時代からベンヤミンの著述に魅力を感じていたドーラは、彼に接近し、ついにポラックと離婚するに至る。ベンヤミンのほうも美貌のドーラに魅かれ、グレーテ・ラートとの婚約を解消してしまう。

ベンヤミンとドーラは、一九一七年の四月に結婚式を挙げている。後年ドーラは、この結婚が一種の利害の一致の産物だったと回想している。当時深い心の傷を負っていたベンヤミンは、自殺の危険から守ってくれる人を求めていて、ドーラのほうも、人生に意味を与えてくれる人を渇望していたという。結婚からおよそ一年後には、二人のあいだに一人息子のシュテファン・ラファエルが生まれている。

ドーラは英文学者のレオン・ケルナーの娘であるが、ケルナーはシオニズムの主唱者テーオドア・ヘルツルの親友でもあった。それゆえドーラは、シオニズムの影響の濃い環境で育ったわけだが、彼女自身は、その政治的な主張からは距離を置いていたようだ。ヴィーンに生まれた彼女は、音楽への造詣が深く、ピアノを好んで弾いた。鋭い感受性の持ち主で、一種の催眠術の能力も持ち合わせていたことが、ベンヤミンの身を助けたとショーレムが伝えている。

一九一七年になると、第一次世界大戦におけるドイツの敗色が濃くなり、前線の兵士が不足してきたこともあって、徴兵を逃れてきたベンヤミンの許にも召集令状が届いていた。そこでドーラは、催眠術を駆使して座骨神経症のような症状を起こし、軍医の目を欺いたという。再び徴兵免除を勝ち取ったベンヤミンは、さらに外国での療養の必要を認める旨の診断書も得て、スイスのベルンへ妻とともに旅立った。それが意味するのは、青年運動からの訣別と事実上の亡命だった。

ベンヤミンの妻だったドーラ・ゾフィー・ケルナー

「来たるべき哲学のプログラムについて」

ベルン大学に転学したベンヤミンは、そこに博士論文を提出する決心を固めて研究に没頭する。当初彼は、カントの哲学、とりわけその批判哲学に取り組んでいた。その背景には、ベンヤミンが、コーエンやリッケルトといった哲学者に代表される新カント学派（カントの理性批判を継承しつつ、当時の科学の発展に対応した学問の基礎としての哲学を目指した思想潮流で、十九世紀後半から二十世紀初頭にかけてドイツで主流となった」の影響が色濃い環境で哲学の研究を始めたことがある。

それ以上に、先に見た「経験」という論考が示すように、青年運動に深く関わっていた時期から一貫して、経験の概念の批判的検討の必要性を感じていたことが、ベンヤミンをカント研究へ向かわせたにちがいない。ただし、それが目指したのは、カントの経験概念を乗り越えて、経験の豊饒さを語りうる新たな哲学の地平を切り開くことである。その基本的な方向性は、ベルン時代の初期に書かれた断章「来たるべき哲学のプログラムについて」に表われている。

この断章のなかでベンヤミンは、『純粋理性批判』などで語られるカントの経験概念が、低次の、「意味の極小値にまで切り約《つづ》められた」生《なま》の感覚的経験にのみ依拠して組み立てられていることを批判している。つまり、経験が、眼の前の対象を概念で「何かとして」認識することに局限され、経験の範囲が、科学的認識によって飼い馴らされた対象の世界――カントの言う「現象界」――に限定されてしまっているのだ。ここにある近代哲学の根本的な問題は新カント学派にも引き継がれているが、このことは、近代における経験そのものの崩壊過程を映し出してもいる。

ベンヤミンは、そのような一九三〇年代の終わりまで貫かれる問題意識の下、「来たるべき哲学のプログラムについて」では、真に何かを経験することを語る地平を、認識の内部に切り開こうとしている。二十五歳の彼に言わせれば、「カントの思考という範型の下、より高次の経験概念の認識論的な基礎づけがなされなければならず、またなされうる」のだ。

　ここでベンヤミンは、飼い馴らすことができない事物や、神的な啓示のようにそもそも対象になりえない事象に遭遇することも、経験に含めようとしている。そして、彼はこの形而上学的な「高次の経験」を、「宗教」——その現代における可能性も、青年運動に関わっていた頃から彼のテーマだった——とも呼んでいる。「宗教」の領域をも包括した経験に意味を与える認識、この真に何かを経験することを可能にする認識は、もはや理性としての意識において行なわれる概念的な認識ではありえない。

　ベンヤミンによれば、この近代的な認識概念の改訂は、すでにカントの同時代人ハーマンが試みていたように、「認識を言語に関係づけること」によってのみ可能である。では、言語を媒体と考えることによって、認識そのものをどのように捉え直すことができるのだろうか。残念なことに、「来たるべき哲学のプログラムについて」は、この問題についての議論を展開しようとするところで途絶してしまっている。

芸術の自己反省としての批評へ

とはいえ、この断章でベンヤミンが認識の媒体と考えていたのが、それを書く約一年前に

「言語一般および人間の言語について」で語った、「中動態にあるもの《ダス・メディアーレ》」としての言語――この優れた意味での媒体――であることを確認しておくことは重要である。そうすると、言語において行なわれる認識とは、認識の主体が、さらには主観と客観の対立が想定される手前のところで、何かがおのずから語り出される出来事そのものである。

その出来事を潜《くぐ》り抜けていく――それを貫くのが翻訳の経験である――なかで、言語そのものが生成するわけだが、その運動を、初期のロマン主義者が追求した「文芸《ポエジー》」という芸術の発展と見るなら、そこにはベンヤミンがやがて執筆する博士論文の主題が浮かび上がることになる。彼は、「来たるべき哲学」を構想していた時期には、カントの歴史哲学をテーマに学位論文を書こうと考えていたが、徐々に関心を「ロマン主義批評の哲学的基盤」へ移し、最終的には「ドイツ・ロマン主義における芸術批評の概念」をテーマに論文を書くことになる。

この論文の主題となる批評は、例えば古典主義的な芸術の概念に依拠し、「均整」や「優美さ」のような尺度に照らして個々の芸術作品の価値を判定するものではない。ここでは、そのように外的な基準にもとづく批評ではなく、むしろ作品の内部に根拠を持つ、すなわち作品自体の批評可能性にもとづいて行なわれる批評が問題となる。それを初期のロマン主義者は、芸術、とりわけ文学の創造の過程に深く埋め込んだのだ。

ベンヤミンによれば、初期ロマン主義を代表する文学者フリードリヒ・シュレーゲル――シエイクスピアのドイツ語への翻訳などで知られるアウグスト・ヴィルヘルムの弟に当たる――は、そのような批評をフィヒテの立場を乗り越えることによって見いだした。絶対的な自我の活動が現実を創造すると論じるフィヒテの観念論を批判して、シュレーゲルは、反省の無限の働き自体が「絶対者」として現実を創出する――それは彼にとって芸術の自己実現である――と論じ、この反省のうちに芸術批評を位置づけたのである。

「反省《レフレクシオーン》」としての批評が作品の内部から生じることを、ベンヤミンは次のように言い表わしている。「反省は、〔カントの言う〕判断力とは異なり、主観的に反省する振る舞いではなく、作品の表現形式のうちに含み込まれており、批評において自己を展開し、究極的にはさまざまな形式の合法則的な連続体として自己を成就させる」。初期ロマン主義における反省とは、自我の内部で思考の過程を振り返る働きというより、絶えず再帰的《レフレクシーフ》に自己を表現する過程であり、個々の芸術作品がおのずから立ち現われるとき、そこには芸術そのものも表われている。

そのように作品のなかから行なわれる批評は、個々の作品の限定された形態を内側から乗り越えて、作品を高次の意味で、すなわち絶対者としての芸術との関連において完成させる。この芸術はさらに、それぞれに内的必然性を持ったさまざまな形式が、批評を介して無限に連なっていく過程として実現される。その過程をシュレーゲルは、「進展的にして普遍的な文芸」と呼んだのである。

言語の生成の現場としての批評

ベンヤミンはこの文芸の発展を、「中動態にある《メディアール》〔媒体をなす〕とともに質的」な発展と規定している。文芸としての芸術は、批評という反省とともにあくまで内発的に、より多様な表現形式を包括していくことによって自己を実現させる。しかも、その過程はそのまま、不断に「中動態にあるもの」としての言語の生成過程でもある。だからこそ彼は、博士論文のなかで、ノヴァーリスが批評と翻訳を結びつけているのに注目しているのだ。

そして、文芸の発展を動かす優れた意味での「反省の媒体《レフレクシオーンスメディウム》」を形成する表現形式としてシュレーゲルらロマン主義者がとくに重視したのが、「小説《ロマーン》」にほかならない。小説では無限に多様な表現が可能だが、小説そのものは個々の表現の反省としての批評を含むかたちで、基本的には散文で構成される。ベンヤミンは論文の末尾近くで、ヘルダーリンが語った散文の「冷静」こそが、反省を批評として展開させる表現形式の理想であることも見届けている。

このように、個々の作品を芸術の理念の下で完成させるような「芸術批評」について博士論文を書くことによって、ベンヤミンはまず、批評を言語の生成の現場として見いだしている。シュレーゲル兄弟が中心となって刊行された初期ロマン主義の表現媒体『アテネーウム』を範として構想された雑誌『新しい天使』において、創作と翻訳に並ぶ地位が批評に与えられているのは、その表われと言えよう。

さらに、この博士論文は、ゲーテの『親和力』についての評論などが示すように、ベンヤミンがその後文芸批評に著作活動の軸足を置くようになる契機にもなった。ロマン主義論のなかで彼は、作品の内奥に沈潜するところから、散文の形式で繰り広げられる批評の姿を見いだしたのである。

第一章で見たように、折に触れて十四行詩《ソネット》を書いてはいるものの、ベンヤミンは、基本的には歌う人ではなかった。むしろ彼は、書き残されているものや今に痕跡を残しているものを細かに解読することにもとづく批評を、「冷静」を貫く散文として表わすことに力を注いだ。

ただしベンヤミンは、批評が歴史的な状況と無縁ではいられないこともつねに自覚していた。眼の前にある時代の危機《クリージス》を見通しながら、その闇のなかに生きる道筋を切り開こうとする批評《クリティーク》の展開も、ここでけっして見逃すことはできない。

第二節　神話的暴力の批判――「暴力批判論」

第一次世界大戦後の革命の挫折と不穏な状況

ベンヤミンは、一九一九年七月に『ドイツ・ロマン主義における芸術批評の概念』で博士号を取得した後、ベルンの南東にある湖畔の保養地イーゼルトヴァルト、次いでルガーノに家族で滞在しているが、この休養の日々にあったのは、まさに嵐の前の静けさだった。そのあいだに仕送りを止められてしまったベンヤミンは、最終的に一九二〇年三月に、ベルリンの両親の家への帰還を余儀なくされるが、そこで彼を待っていたのは、父親との激しい諍《いさか》いだった。

すでに戦争中から進行していたインフレーションのために、実家の家計は大きく傾いていて、ヴァルターに経済的な自立を求めなければならない状況にあった。しかも、商いで身を立てた父親は実業志向が強く、息子が大学入学資格を取得するのも渋ったほどだったから、博士の学位に続いて大学での教授資格を得たいというヴァルターの希望に耳を貸すはずがなかった。すぐに自活できる職業に就くことを求める父と、学者の生き方を解しない親に腹を立てる息子との口論だけが続いた。

すぐに家を飛び出したベンヤミンとその家族は、年長の友人エーリヒ・グートキントの許に身を寄せている。このユダヤ人思想家もまた、親との対立を抱えて郊外に居を構えていた。そこに半年ほど居候した後、ベンヤミンはまたグルーネヴァルトの両親の家に戻っている。この間、ドイツではすでに帝政が崩壊し、一九一九年八月に公布されたヴァイマル憲法にもとづく共和制が敷かれていた。

新たな共和国の成立過程で、ヴィルヘルム二世を退位に追い込んだ革命を主導してきたレーテ〔兵士と労働者の評議会組織〕を最高決定機関とするような新しい政府を樹立しようとする試みは、社会民主党指導部が頼みにした旧帝国の武力によって弾圧された。スパルタクス団を率いてベルリンで蜂起したカール・リープクネヒトとローザ・ルクセンブルクも、ミュンヒェンのレーテ共和国の中心にいたランダウアーも虐殺されている。ベンヤミンはランダウアーの『社会主義への呼びかけ』とともに、ルクセンブルクの『獄中からの手紙』を熱心に読んでいた。

「運命と性格」の洞察

こうして人民のための革命が潰え、ヴァイマル体制もインフレーションを抑えられないなか、左右両派の暴動に絶えず晒されていた一九二〇年頃のドイツの不穏な状況を見据えながらベンヤミンが書いたのが、「暴力批判論」である。一九二一年八月に『社会科学および社会政策論叢』で公表されたこの論考は、青年運動期の「学生の生活」以来、およそ五年ぶりに同時代の状況に向き合うかたちで書かれた評論ということになる。

ベンヤミンはそこで暴力批判の課題を、「暴力の法および正義に対する関係を描き出すこと」と規定しているが、その際とくに批判的検討の対象になるのは、正当な威力《ゲヴァルト》であることを主張しつつ、暴力《ゲヴァルト》として行使される法の力である。なかでもそれが人間を神話的な運命の下に置くことが批判の焦点になるわけだが、ここでそのような批判の視点を用意した「運命と性格」の存在を忘れることはできない。この論考は、一九一九年の秋にルガーノで書かれ、二一年に『アルゴ船の冒険者《アルゴナウテン》』誌に掲載されている。

ベンヤミンは「運命と性格」のなかで、法の秩序が神話の世界の残滓《ざんし》であることを指摘している。神話は、人間どうしの関係を、人間と自然、とりわけ神々に象徴される自然の威力との関係にもとづいて、掟《おきて》として定めている。それは人間を自然の次元に縛りつけながら、それ自体「自然」としてあるこの掟に従うことを人間に強いる。もし、掟の下で同じように振る舞うところからある者が逸脱するなら、当然ながら裁かれることになる。この者には罪が、一つの自然的かつ神話的な世界のなかの「運命」として宣告されるのだ。

こうして人間のなかの自然的な次元、すなわちその「たんなる生」が「罪責の連鎖」に組み込まれていく——「運命とは、生ある者の罪責の連鎖である」——わけだが、ベンヤミンによれば、ギリシア悲劇においては人間の倫理的な次元が、その連鎖を突き破るかたちで姿を現わす。ただし、言葉となる手前の未熟さで。同時期にローゼンツヴァイクも、沈黙する悲劇の主人公のうちに、倫理的な人格の萌芽を見て取っている。

神話的暴力の批判

たしかに、震動する世界に主人公が無言のまま屹立《きつりつ》するところには、悲劇の崇高さがある。

しかし、それに対するカタルシスは、倫理的な世界の創設には結びつかない。むしろ現実には、神話的な世界が存続し、その秩序を貫く力が正義と同一視されていく。

ベンヤミンの暴力批判は、まずここにある正義と法秩序の混同へ向けられる。法は正義ではない。法の秩序は、正当化されえない力、すなわち暴力によって創設され、存立が支えられている。その暴力は、各人を「ただ一つの運命」に縛りつけながら、正義ではなく、自己の権力を志向するのだ。

「暴力批判論」においてベンヤミンは、このように法的秩序の起源をなす暴力を「神話的暴力」として批判するわけだが、これを「法措定的暴力」と「法維持的暴力」に分けている。戦争や革命によって新たに秩序を打ち立てるところに働くのが、法措定的暴力であり、そのような現体制を転覆する暴力を抑止し、兵役義務などによって共同体の構成員を秩序に従属させるところに作用するのが、法維持的暴力というわけである。

ただし、この二種類の暴力は、截然《せつぜん》とは区別されえない。例えば、警察は一般的には、法的な秩序の維持のために物理的な暴力を行使する主体と見なされているが、実際には、「安全のため」と称してありとあらゆる状況に介入し、その際に法令を恣意的に適用する。そうして前例を作ることによって、警察は、実質的には法措定的暴力の主体としても機能するのである。

警察権力の行使とともに、ベンヤミンが二種類の暴力が混交する場面として挙げているのが、死刑の執行である。一般には法維持的暴力の行使とされる国家による殺人が、その対象と時期を恣意的に定めて行なわれることの「意味」は、「法令違反を罰することではなく、新たな法を打ち立てること」にほかならない。しかもそれは、法的な秩序が自己自身を強化するための最も効果的な手段なのだ。

だからこそ、死刑の執行には「どこか腐ったところがある」。そして、ここを衝《つ》いて死刑を批判するとは、生死の運命を一方的に定める法の神話的暴力そのものを批判することなのである。

犠牲を強いる暴力の歴史の中断へ向けて

法の秩序は、とくに総力戦としての戦争において顕著に見られるように、人々に血の犠牲を運命として強い、それによって自己の権力を樹立し、強化する。そして血とは、剝き出しの自然的な生、すなわち「たんなる生」の象徴である。すでに「運命と性格」で指摘されていたように、法の秩序は、人間を自然の次元に囲い込みながら、「たんなる生命に及ぶ血腥《ちなまぐさ》い暴力」を行使するが、それは結局「暴力それ自体のためのもの」でしかない。

ベンヤミンはこのような、ドイツにあっては革命の動きを弾圧する武力として顕現した神話的暴力に、「神的暴力」を対置させる。この「生ある者のために、あらゆる生に及ぶ神的にして純粋な暴力」とは、「法を破壊する」力であり、「罪を除き去る」力でもある。ただしそれは、「生ある者の魂」を破壊するものではない。むしろ生ある者の「たんなる生」に還元されえない、肉体の死後も生き続ける生を、神話的な運命から解放する。正義は、この文字通り法外な可能性から初めて考えられるのだ。

「生ある者のため」の神的暴力。それは神的である以上、人間がけっして意図的に招来させることのできない力である。罪人に対し、その被害を受けた者から突然赦《ゆる》しが与えられるところに、あるいは革命の動きが人々のあいだから、権力の獲得ではなく、むしろ権力そのものの廃絶へ向けて生じる——ベンヤミンは、アナーキーな「プロレタリア的総罷業《ゼネスト》」をそうした革命の動きと解して、最初から権力の奪取を志向した暴動から区別しているところに、そのような神的暴力が働いているのかもしれない。だが、その力の到来を誰も予測できない。

それでもなお、この無血でありながら「致命的」でもありうる神的暴力を、神話的暴力、すなわち人間が造る世界を貫く、そして「暴力批判論」が書かれた当時の脆弱なヴァイマル体制の起源にもある暴力から峻別する視座は欠かせない。両者を截然と区別してこそ、人為的な秩序のために生ある者が犠牲に供され続ける歴史、この神話としての歴史の連続が断ち切られる可能性を考えることができる。

このように神的暴力を神話的暴力から区別し——ベンヤミンの暴力批判とは、基本的にはこの区別である――、法の根拠をなす暴力へ批判を差し向ける「暴力批判論」は、後にデリダの「法の脱構築」の思想などに多大な影響を与えている。とはいえ、ベンヤミンの暴力批判が、国家権力の廃棄を見据えた「歴史の哲学」であることは、けっして忘れることはできない。「神話的な法の形式に呪縛されたこの循環を打破すること、すなわち相互に依存し合う法と暴力の双方からその権能を剥奪すること《エントゼッツング》、それゆえ最終的には国家権力を廃止すること、このことの上に歴史の新たな一時代が築かれる」。ここに言われる、一つの歴史の終わりとしての中断へ向けて、今なお支配的な神話の呪縛から「死後の生」を含めた生を解き放つことが暴力批判の課題であり、かつ批評としての思考の課題にほかならない。そして、ベンヤミンの思考は、「暴力批判論」のおよそ二十年後、神話としての歴史の中断から新たな歴史を構想する哲学に収斂《しゅうれん》することになる。

第三節　文芸批評の原像――「ゲーテの『親和力』」

虚構のなかの恋愛とベンヤミン夫妻の婚外の恋愛

ロマン主義の研究によって芸術批評の概念を掘り下げ、また「暴力批判論」によって神話の暴力の批判という思考の方向性を打ち出した後、ベンヤミンはゲーテの長編小説《ロマーン》『親和力』についての評論を執筆し、文芸批評の実践へ一歩を踏み出している。そこには、博士論文と「暴力批判論」の議論が緻密に組み合わせられているのを見ることができる。

ゲーテの小説の表題に掲げられている「親和力」というのは、化学反応が起きる際に元素に働くと考えられていた力で、この小説では四人の主要な登場人物を相互に引きつける力が、この親和力になぞらえられている。富裕な男爵エードゥアルトがその妻シャルロッテと暮らす城館に、彼の友人の大尉とシャルロッテの姪のオッティーリエが住むようになると、エードゥアルトとオッティーリエが、そしてシャルロッテと大尉が、物質の世界の親和力が働いているかのように魅かれ合い、相愛の仲になってしまうのだ。それぞれの良心はこの力に抗おうとするが、まさにそのことが悲劇を招き寄せることになる。

婚姻関係を踏み越えた恋愛を描いたゲーテの小説を、ベンヤミンが評論の対象に取り上げた背景の一つに、当時の彼が小説と重なる状況に置かれていたことがある。ベルリンに引き揚げてからほどなくして、彼とドーラの結婚生活はぎくしゃくし始めていたが、彼は一九二一年の春に、旧知で後に彫刻家として活動するユーラ・コーンと再会し、彼女に熱烈な恋心を抱くようになる。他方でドーラも、ベンヤミンのカイザー＝フリードリヒ校時代からの友人エルンスト・シェーンに惚れ込んでいて、そのことをヴァルターにも隠そうとしなかった。

このように、ドーラとヴァルターの双方が婚姻関係の外で恋愛を生きていたことが、ゲーテの『親和力』を論評する動機になったことは間違いない。ベンヤミンは、この小説のオッティーリエに相当する位置を占めるユーラ・コーンに評論を捧げているが、後に離婚裁判の際、冒頭に記された献辞が不利に作用することになる。ちなみに彼女は、一九二六年にベンヤミンの頭像を制作している。

死の神話的な美化の批判

そのように自身が婚姻関係の動揺を経験したという背景だけでなく、『親和力』を神話的に美化する作品観を論破しようというベンヤミンの意図も、彼の『親和力』論に関しては見落とせない。当時この小説について支配的な見方を示していたのが、ゲオルゲ派の文学者フリードリヒ・グンドルフの『ゲーテ』だった。このゲーテ論は、詩人を創造者として神格化するのと表裏一体のかたちで『親和力』を美化するわけだが、そのことは死の聖化にもとづいている。

この小説において、エードゥアルトとシャルロッテのあいだに生まれた、不思議なことに大尉の眼差しとオッティーリエの顔立ちを示す赤ん坊を、オッティーリエは誤って池に落として死なせてしまう。その後彼女は絶食して死んでしまうが、この死のうちにグンドルフは、忍苦する聖者としての女性の完成を見て、それを『親和力』という「贖罪《しょくざい》」の物語の象徴としている。そのことが示す作品の神話化と死の美化を、ベンヤミンは徹底的に批判しようとした。

死の美化は、ゲオルゲの詩からも読み取られるもので、それに感化された若者の多くが、第一次世界大戦で命を落としていた。彼の詩の神託のような響きは、戦争に極まる国家の暴力と癒着しながら、若者に自己犠牲を運命として強いたのだ。そのような神話の魔力に抗して、死を脱神話化し、仮象の美を批判することを、ベンヤミンの批評は目指している。

その現場として選ばれたのが『親和力』という小説であり、このときオッティーリエは、批評の一つの焦点をなす。ベンヤミンにとってこの女性の死は、けっして贖罪のための犠牲ではない。それはむしろ、「植物的な寡黙さ」で「運命的な力」に屈従した末の死である。

ここには婚姻関係が象徴する法的な秩序の動揺とともに、それを支えてきた力が、暴力として作用している。「親和力」という自然界の力が作用することによって、歴史的な世界が崩れていくなかで剝き出しになる神話的暴力を前に、人間がその無力さをさらけ出すありさま。これが小説のなかに描き出されているのだ。

『親和力』という作品を、ゲーテは十九世紀の初頭に、ナポレオンの軍隊に対するプロイセン軍の敗北と、それに続く神聖ローマ帝国の崩壊を目の当たりにしながら書いている。その際に詩人の脳裡にあった破局の予感を、ベンヤミンも第一次世界大戦直後の不穏な状況のなかで分有しながら、この作品の批評を綴っていたにちがいない。

その際にベンヤミンは、オッティーリエに続いてエードゥアルトも衰弱死することが示すように、神話的な力に登場人物が囚われ、やがてそれによって押し潰されていく過程だけでなく、このことに対する抵抗の契機も、ゲーテの小説のうちに見届けている。そして、神話に対する抵抗が凝縮されているのが、長編小説のなかに挿入された短篇《ノヴェレ》「隣どうしの不思議な子どもたち」であるという。その物語は、反発し合いながらも魅かれ合う幼なじみの若い男女が、命を賭けた決断によって愛を成就させるという奇譚《ノヴェレ》である。

仮象の破壊から希望なき者のための希望へ

心の底から愛する青年と結ばれないことに絶望した女性は、激流に身を投げ、それを見たこの青年は、危険を冒して流れに飛び込んで女性を助け上げる。シャルロッテが産んだ子どもが池に沈み、オッティーリエが神話の魔力に呑《の》み込まれるのとはまったく逆のヴェクトルを示すこの奇跡は、ベンヤミンによれば、「真の宥和《ゆうわ》」を暗示しながら、小説のなかに揺らめく見せかけの宥和を批判する視点を提示している。

この視点を含んでいるがゆえに、ゲーテの作品は、宥和の象徴としての美しい仮象として自己完結することはない。そこにはむしろ、作品の自足性を打ち砕く「表現なきもの《ダス・アウスドゥルックスローゼ》」の力が働いている。そして、その力こそが、作品の「真なるもの」――それはここで、小説のなかでそれとしては語られることのない、希望としての宥和である――との関係を示しながら、作品を「真の世界の破片」として完成させるのだ。そのような「真なるものの崇高な力」の働きを見届け、作品の美を真理との関係において救うのが、批評の課題なのである。

ベンヤミンによれば、「表現なきもの」の力は、作品における仮象の輝きを中断する「中間休止《ツェズーア》」——彼はこの語をヘルダーリンから借りている——をもたらす。そして、『親和力』においてこの「中間休止」は、仮象の美が死による消滅を受け容れる瞬間に到来する。「ヘルダーリンとともに言えば、作品の中間休止を含む一文、すなわちひしと抱き合った者たち〔オッティーリエとエードゥアルト〕がみずからの最期を確かめ合うときに、万物が動きを止めるあの一文とはこうである。「天空から降る星のように、希望が二人の頭上を流れ過ぎていった」。二人はもちろん、この希望には気づかない」。そのような儚い希望を、星として閃かせるところに、ベンヤミンは『親和力』という作品の美を見ている。

この希望は、生者には与えられていない。それは、神話の支配が続く世界では没落せざるをえなかった死者のためにのみ抱かれうる救済の希望である。「希望なき人々のためにこそ、希望は私たちに与えられている」。

文芸批評の原像として

こうして死者のための希望を、ゲーテの長編小説から、その神話的な自己完結性を内側から解体することによって取り出すに至った『親和力』論について、ベンヤミンは、「範例的な批評として」書かれたと語っている。厳密な構成の下で綴られたこの評論は、たしかに彼にとって、ロマン主義から抽出した文芸批評の概念を具現させるものだったにちがいない。

だからこそ、その冒頭では、評論の方法を提示するかたちで、作品の「事象内実」の註釈からその「真理内実」に迫る批評についての思考が、凝縮されたかたちで繰り広げられているのだろう。それによれば、文学作品を含む芸術作品は、同一不変のものとして永遠に存続するものではない。むしろそれは、「死後の生」のなかで変容を遂げている。批評は、その一段階を示すかたちで、作品の内実を今ここで明るみに出す。

作品の「死後の生」の一段階を繰り広げるということを、ベンヤミンは、『親和力』論の少し前に執筆した「翻訳者の課題」において、翻訳の役割として論じている。彼によると、批評も翻訳も、作品の死後の残存とも言うべき、書き残されてある姿から出発する。『親和力』論のなかで、作品の死後の生長の過程は、作品がみずからを燃やしていく様子に喩えられるが、燃焼とともに、作品が生まれた当初は一体として立ち現われていた、作品を構成する具体的な素材ならびにその表現形式と、これによって表現される内実とが徐々に分離していくという。

批評はまず、作品の燃えながらを拾い上げ、化学者さながらその成分を分析する。これが「事象内実」の註釈であり、註釈を重ねながら批評は、謎めいた炎を揺らめかせる作品の「真理内実」へ迫っていく。これを捉えるとは、詩作された作品の内奥に生き続ける忘れがたいものを閃かせることであり、このとき作品の「死後の生」がアクチュアリティを帯びる。

そのことが『親和力』論において、絶えず犠牲を強いる神話の力に対する批判に結びついている点は、後に「歴史の概念について」のテーゼの一つで、神話的な歴史の暴力に脅かされた死者のために「希望の火花を掻き立てる」批判的な歴史認識にも通じている。このことも含めて、ゲーテの長編小説をそのアクチュアリティにおいて救い出した『親和力』論は、ベンヤミンにとって批評の原像を示すものであり続けた。一九三一年にそれを書籍として公刊する計画が潰えたとき、彼は自殺を真剣に考え始めていた。

第四節　バロック悲劇という根源——『ドイツ悲劇の根源』

忘れられていた救いなき悲劇の世界

ベンヤミンは、「ゲーテの『親和力』」を一九二二年に書き上げた後、翌年に年長の友人フローレンス・クリスティアン・ラング——この愛国的な作家にして政治思想家とベンヤミンは、グートキントをつうじて知り合った後、親しく交流していた——を介して、その原稿をヴィーンのホーフマンスタールに送っている。彼はこの『親和力』論を絶賛し、自身で編集していた雑誌『新ドイツ論叢《ノイエ・ドイチェ・バイトレーゲ》』に、その全文を一九二四年一月から掲載した。ベンヤミンのほうも、ホーフマンスタールの戯曲『塔』を称賛する書評を著わしていた。

こうしてベンヤミンは、当時高名を博していた作家との接点を確保して、文芸批評家としての活動の地歩を築こうとする一方で、大学で教授職を得る可能性も探っている。そのために教授資格申請論文《ハビリタツィオーン》として書かれたのが、『ドイツ悲劇の根源』である。ベンヤミンが生前に公刊した最も大きな規模の著作となったこの論考《トラクタート》は、彼にとって幾重もの意味で結節点と分岐点をなしている。

『ドイツ悲劇の根源』においてベンヤミンが主に取り上げているのは、十七世紀に現在のドイツとその周辺に当たる地域で書かれた悲劇作品である。三十年戦争(一六一八〜四八年)によって物理的にも精神的にも荒廃しきったこの地域に生まれた悲劇は、歴史的な事件を題材に、それに巻き込まれた人間の悲惨を描き尽くす。その主人公の横死としか言いようのない死には救いがなく、いっさいの崇高さが欠けている。

このような近代悲劇の特徴は、ギリシア悲劇をはじめとする古典的な悲劇《トラゲーディエ》が、神話を題材に運命に敢然と立ち向かう英雄が没落するさまを描いて、新たな人間の歴史を予感させる崇高さを示すのとはまったく対照的である。ベンヤミンが注目するドイツの悲劇《トラウアーシュピール》には、もはや英雄はいない。それは、被造物の儚さを血みどろの屍《しかばね》の姿でさらけ出すに至る人間の悲哀に固執する哀悼《トラウアー》の劇であり、その際に比喩を過剰に積み重ねる。そのようにバロック的な悲劇作品は、とくに古典主義的な文学史観の下では侮蔑され、忘れ去られていた。

ここで、ベンヤミンが取り上げている具体的な悲劇作品に目を向けてみよう。例えばアンドレーアス・グリューフィウスの『グルジアのカタリーナ、あるいは確証された恒常心』は、表題の女王がペルシア王に捕らえられて求愛されるも、殺された夫と祖国への愛、そしてキリスト教の信仰を棄てずに、拷問の末の死を遂げるさまを描いている。

あるいは、ダニエル・カスパー・フォン・ローエンシュタインの『アグリッピーナ』では、表題のローマ皇帝ネロの母親が、正妻を差し置いて美貌のポッパエアを手に入れようとするネロの企みを、近親相姦に及んでまで阻止しようと画策する。しかし、結局は皇帝の手の者によって殺される。

ベンヤミンは、こうしたドイツのバロック悲劇とともに、シェイクスピアの『ハムレット』やペドロ・カルデロン・デ・ラ・バルカの『人生は夢』——ホーフマンスタールの『塔』はその翻案である——を論じて、歴史に翻弄される人間の悲劇の特徴を、同時代の布置のなかに浮かび上がらせている。

自然史の劇を根源として救い出す方法

そのようなバロック悲劇が描き出す歴史を「自然史《ナトゥーアゲシヒテ》」と捉えるのが、ベンヤミンの悲劇論の際立った特徴である。「自然史」の語は、彼がこれを「自然＝史」とも書き表わしていることが示すように、自然と歴史が二項対立を越えて交錯し、相互に浸透し合っている事態を指している。自然が人間の歴史を刻印され、死滅の相において現われるとともに、歴史も自然の移ろいに委ねられた姿で、腐朽の相の下に出現するのだ。

「自然は、彼ら〔悲劇作家〕の脳裡に永遠の衰滅として浮かんでおり、この衰滅のうちにのみ、かの時代の人々の土星的な眼差しは歴史を認めた」。それゆえ、バロックの悲劇作家にとって歴史とは、ひたすら破局に破局を重ねていく歴史であり、その舞台はつねに廃墟である。

廃墟にこの「世界の受難史」を描き出すために、悲劇作家がこれでもかとばかりに多用した比喩表現こそ、次の章で触れるアレゴリーにほかならない。この表現形式の下、悲劇の登場人物は、儚い「被造物の状態」にあることを剔き出しにするのである。

したがって、「悲劇は英雄を知らず、布置《コンステラツィオーン》しか知らない」。状況の布置が示す人物の関係のなかに働くのが陰謀である。君主も策謀の犠牲になり、決断できないまま落命する。その場面をことさら凄惨《せいさん》に描くドイツの悲劇を、『ドイツ悲劇の根源』は、悲劇《トラウアーシュピール》の理念のうちに救い出そうとする。

その方法を提示すべくこの論考の冒頭に置かれた「認識批判的序説」においてベンヤミンは、批評の対象を既存のジャンルに包摂するだけの認識を、たんなる「所有」と批判したうえで、悲劇の理念はむしろ、「名」としての言語を媒体として、星々の「布置《コンステラツィオーン》」として描き出されると述べている。

それぞれが独特の輝きを放つものたちの星座の形成へ向けて、バロックの悲劇作品の細部に沈潜し、個々の作品の独自性とその表現技法を浮き彫りにして配置していくこと。このことにもとづく叙述の形式を、彼はモザイクに喩えている。それぞれが異彩を放つ「思考の細片」を組み合わせていく叙述。その形式は、いわゆる学術論文の論証のそれからは遠く隔たったものにならざるをえない。

モザイクとしての叙述に浮かび上がる悲劇という根源

とはいえ、個々の事象の内奥で凝縮する思考の結晶の配置こそが、『ドイツ悲劇の根源』が対象とするバロック悲劇のような、文学史が軽視してきた作品、ないしは「歴史」によって忘れ去られた人の仕事といった事象の核心にある真理を、「理念」として浮かび上がらせうるとベンヤミンは考えていた。個々の石片の相異なった輝きがモザイク画の光彩に結びつくように。ベンヤミンはこのモザイク的な叙述を、中世のスコラ学における予備的な断章形式の

「論考《トラクタトウス》」も念頭に置きながら論考《トラクタート》と呼んでいるが、それによってバロック悲劇の理念が星座《コンステラツィオーン》をなすように浮かび上がるとき、悲劇作品は「根源」として姿を現わすという。『ドイツ悲劇の根源』は、まさにそこへ向けて書かれているわけだが、彼はこの「根源」の概念を、時系列的に辿られる発生の起源から峻別しつつ、「歴史のカテゴリー」と規定している。

　バロック悲劇がその理念の叙述の下で根源として見いだされるとき、それは「生成の流れのなかの渦」をなし、完結することなく現在に甦ってくる。このとき、十七世紀に悲劇を書き続けたメランコリー――この憂鬱は、占星術において土星《サトウルヌス》的な粘着気質に結びつけられてきた――を湛《たた》えた眼差しの下、現在が破局の現場として照らし出される。しかも、そこには同時に、歴史の内部に踏みとどまり、衰滅を凝視しながら瓦礫を解読し続けたアレゴリーという芸術形式の可能性も閃いているのだ。

　そのように擬古典主義的な芸術の通念を打ち破るかたちで、バロック悲劇をそのアクチュアリティにおいて救出しようとした『ドイツ悲劇の根源』。この論考は第一義的には、作品からの引用の配置に語らせるようなその叙述――ベンヤミンは引用だけで論文を書くとさえショーレムに語っている――として現われる、個々の悲劇作品から抽出された内実のモザイク状の配置によって、近代悲劇の理念を根源として描き出す文芸批評である。それは同時に、近代の歴史を現在に至るまで透視しながら、それを貫く破局のなかで発揮されないまま忘れ去られてきた可能性を、根源から呼び覚ます歴史認識を提示する著作でもある。
このような歴史認識の方法は、パリのパサージュから「十九世紀の根源史《ウアゲシヒテ》」を浮かび上がらせることを目指した『パサージュ論』の方法に受け継がれることになる。そこでは、「引用符なしに引用する術」が「文書のモンタージュ」として展開されることによって、この「根源史」が描き出されるはずだった。

転機をもたらしたバロック悲劇論

歴史の瓦礫のモザイクによって、ドイツのバロック悲劇を時代の闇のなかに根源として浮かび上がらせようとした『ドイツ悲劇の根源』。それはすでに述べたように、大学で教職を得るために書かれた。ベンヤミンは、「この論文でなら六人が教授資格を取れよう」とまでショーレムに豪語していた。しかし、この教授資格申請論文は、当時のアカデミズムの世界には受け容れられなかった。

『ドイツ悲劇の根源』は、一九二五年の五月にフランクフルト大学のドイツ文学科に提出されたが、そこから美学科へたらい回しにされた末に不受理となり、ベンヤミンは論文を撤回せざるをえなくなる。美学科で審査を担当したハンス・コルネリウスも、その助手だったホルクハイマーも、論文の内容をまったく理解できないと語っていた。

こうして教授資格申請が斥けられたことによって、ベンヤミンが大学に生活の基盤を得る道は完全に断たれてしまった。その後彼は、フリーランスの批評家、作家、翻訳家として不安定な生活を送ることを余儀なくされる。

ベンヤミンの言語哲学と歴史哲学、そして美学の結節点を形づくるとともに、彼の人生行路の重大な転換点にもなった『ドイツ悲劇の根源』の原稿は、こうして宙に浮いてしまったわけだが、それを救ってくれたのは、またしてもホーフマンスタールだった。彼は一九二七年の八月に、そのメランコリーについての章を『新ドイツ論叢』に掲載している。その後フランツ・ヘッセルの紹介により、『ドイツ悲劇の根源』は、一九二八年に単行本としてローヴォルト社から刊行された。

この頃ベンヤミンは、彼にとって都市の遊歩の導き手でもあったヘッセルと協働しながら、プルーストの小説『失われた時を求めて』の翻訳を進めていた。また、彼と一緒にパリに滞在した経験を踏まえて、『パサージュ論』の最初の構想を深めてもいた。さらにベンヤミンは、一九二〇年代半ばから、次章で触れるようにバロック悲劇論の執筆中にある女性と出会ったことや、ルカーチの『歴史と階級意識』を読んだことをきっかけに、マルクス主義に接近している。

アドルノとの出会い

このように、形而上学的な理念の追求から具体的な歴史的事象の解読へ重心を移しつつあるベンヤミンの思考は、その後シュルレアリスムをはじめとする同時代の芸術運動とも呼応しながら、『ドイツ悲劇の根源』と同じ年に刊行されたアフォリズム集『一方通行』に象徴される新たな文体の下で展開することになる。その萌芽はすでに、このバロック悲劇論、とくにそのアレゴリーに関する議論のうちに含まれていよう。

そこで次の章では、このアレゴリー論を含めた彼の美学を検討するが、それに移る前に触れておかなければならないのがアドルノとの出会いである。ベンヤミンとアドルノは、一九二三年に、ジャーナリストとしても活躍したユダヤ人思想家ジークフリート・クラカウアーを介して知り合い、以来ベンヤミンの死まで交友を続けている。一九三一年にフランクフルト大学の哲学科に受理された教授資格申請論文『キルケゴール——美的なものの構成』に至るアドルノの思想形成は、ベンヤミンの思想、とくに『ドイツ悲劇の根源』の影響を抜きにしては考えられない。

テーオドア・W・アドルノ
(1935 年)

アドルノがベンヤミンのバロック悲劇論の方法を、唯物論とも接続されうる自身の哲学の方法に導入しようとしていることは、アドルノが一九三一年にフランクフルト大学哲学科の私講師に就任した際に行なった講演「哲学のアクチュアリティ」に色濃く表われている。この講演でアドルノは、観念論が語る「理性的」な現実の崩壊を踏まえたうえで、ばらばらの諸要素を星座のような「布置」を形成するように配置し、歴史的な現実を批判的に見通す回路を切り開く「解釈《ドイトゥング》」に、哲学の可能性を見ている。

アドルノが方法論的な次元を越えて、言語論を含むベンヤミンの思想を吸収し、芸術とその言語のうちに、人間と自然──そこには人間の内なる自然も含まれる──の照応の場を見届けようとしていることは、一九二八年に発表された「シューベルト」をはじめとする音楽評論とその理論からうかがえよう。そのように思考の足場を築くのに多くを負ったベンヤミンに対するアドルノの思い入れは、一九三〇年代後半には厳しい批判としても表われることになる。

第四章　芸術の転換——ベンヤミンの美学

このテーゼは、一群の伝統的な概念——創造性や天才性、永遠の価値や秘密といったもの——を考慮しない。こうした概念を吟味することなく用いることは(しかも、目下のところ検討に付すことは困難である)、所与の素材を、ファシズムが目論むとおりに加工することにつながる。以下において芸術理論に新たに導入される概念は、ファシズムが目的とするものにはまったく役に立たないという点で、従来の概念から区別される。新たな概念は逆に、芸術政策の革命的要求を定式化するのに役立つ。

「技術的複製可能性の時代の芸術作品」

第一節　人間の解体と人類の生成――『一方通行』と「シュルレアリスム」

アーシャ・ラツィスとの出会いと「ナポリ」

ナポリの南、ティレニア海に浮かぶカプリ島。今日「青の洞窟」などの観光地で知られることの島に、一九二〇年代には数多くのドイツの知識人が避難所《アジール》を求めていた。何よりも島の物価の安さが魅力的だった。加えて南国の解放感も、インフレーションとそれに伴う政情不安で息苦しいドイツから、この島へ渡ることを動機づけていたにちがいない。

ベンヤミンもまた、カプリに惹きつけられた一人だった。彼は一九二四年の四月からおよそ半年間、この島に滞在している。このとき、グートキント夫妻とラングも同行していた。しばらく後には、ベルン時代に知り合ったエルンスト・ブロッホも来島している。

ここで『ドイツ悲劇の根源』を書き進めていたベンヤミンは、一人の女性に出会う。ラトヴィアのリガ出身で、プロレタリア演劇、とくに子どものための演劇の実践に取り組んでいたアーシャ・ラツィスである。彼女は、パートナーの演出家ベルンハルト・ライヒとともに、幼い娘の病気の療養のためにカプリ島に滞在していた。

アーシャ・ラツィス

ベンヤミンがアーシャと最初に言葉を交わしたのは、彼女が島の広場《ピアッツァ》へ買い物に出たときのことである。買い求めようとしたアーモンドをイタリア語で何と云《い》うか分からずに困っていたときに、助けてくれたのがベンヤミンだった。彼はアーシャの住まいまで荷物を運び、また訪れてもよいかと尋ねた。翌日本当に現われたベンヤミンに、アーシャはプロレタリアートの子どもの演劇のことを、さらには彼女が演劇を学んだモスクワで輝いていた演劇人や詩人のことを語った。ベンヤミンも、プルーストの小説をはじめ同時代のフランス文学の魅力を語った。

その後急速に魅かれ合った二人は、しばしば行動を共にするようになり、一緒にポンペイの遺跡やナポリの街を見て回るなどしている。六月半ばにベンヤミンは、「リガの出でロシアから来た革命家の女性と知り合ったが、彼女は、今までに知り合ったどの女性よりも抜きん出ている」と、すでにパレスティナに移住していたショーレムに伝えている。このとき、ライヒは所要あってミュンヒェンにいた。

カプリ島でのアーシャとの邂逅のなかから生まれたのが、彼女との共作による「ナポリ」である。このエッセイのなかで二人は、南国の街の生活空間の構成に、アルプス山脈の北に見られるのとはまったく対照的な「多孔性」を見て取っている。当時のドイツのブルジョワの家屋のように、分厚い壁と仰々しい家具でそれぞれの部屋が孤立するのとは反対に、ナポリでは、生活の営みに応じてさまざまな空間が通じ合う。

「この〔住居や倉庫のための洞穴を穿《うが》たれた〕岩山のように、建築も多孔的である。中庭、アーケード、さらには階段で、行動が建物を造り、建物が行動を生む。あらゆるもののなかに遊動《シュピール》空間《ラウム》が確保されていて、それによってすべては、予想もつかない、新たな布置《コンステラツィオーン》の舞台となりうる」。二人によると、複雑に入り組んで、室内と戸外の境界も定かでなくなる空間においては、時も相互に浸透し合う。「どの週日にも日曜のひとかけらが潜んでいるばかりか、日曜日のなかにも、いったいどれほど多くの週日が隠れていることか」。

技術の転換を介した人類の組成

そのように空間と時間の双方が多孔的な街では、生そのものが多孔性を帯びる。「多孔性は、ここでの生の法則であり、それは尽きることなく新たに発見されうる」。このことをナポリでアーシャとともに洞察したことは、その後ベンヤミンが身体的な生を、近代的な「人間」の概念を踏み越える可能性において捉えるきっかけとなったにちがいない。そのような思考の方向性は、彼が一九二三年から二六年にかけて書き継いだアフォリズムを集成した『一方通行』の最後に置かれた「プラネタリウムはこちら」と題された一節に示されている。

それによると、古代の人々は共同体において、かつ陶酔とともに宇宙との交感を経験していた。その後長く忘れ去られてきたこの経験の媒体として、「人類」が今、新たな技術によって一つの「生体《フュジス》」として組織されようとしている。しかし、技術の可能性が帝国主義者に横領され、その利権のために濫用《らんよう》されるなら、第一次世界大戦でその危険が露呈したように、人類は自己自身を死滅させてしまうだろう。

帝国主義者にとって技術とは、自然を一方的に支配し、その力——そこには人間の力も含まれる——を絞り取るための道具でしかない。この技術を、「自然と人間の関係の支配」を行なうものに転換させ、両者の協働関係を築くとき、宇宙との交感のなかに人類が誕生する。「たしかに種としてのヒトは、何万年も前から発展の終わりに達している。しかし、人類という種は、発展の始まりにある。人類には技術という姿で一つの生体が組織されていて、そこには宇宙との接点が、新たに、民族や家族においてとは異なった仕方で形づくられるのだ」。

万物の照応を媒介するものへ機能を転換させた技術によって、陶酔を含んだ交感の媒体を構成し、そこに「人類」の集合的な「生体」を現出させること。「火災報知器」と題された一節が示すのは、ベンヤミンがこれを歴史の中断へ向けて構想していることである。技術の力と、それがもたらす富とを一部の階層が独占するなか、生ある者の最終的な破滅を招来させつつある歴史は、断ち切られなければならない。

ベンヤミンは、「火災報知器」に寄せてこう記している。「そして、ブルジョワジーの廃絶が、経済的で技術的な発展のほぼ予測可能な時点(これを予示しているのがインフレーションと毒ガス戦である)までに成し遂げられなければ、すべてが失われてしまう。火花がダイナマイトに達する前に、火の点《つ》いた導火線は断ち切られなければならない」。では、この導火線は何によって断ち切られうるのか。「技術によって」とベンヤミンは答えている。

このときベンヤミンの前には、彼が後に「経験と貧困」のなかで芸術家を「技師」をモデルに捉え返し、一九三〇年代半ばに「技術的複製可能性の時代の芸術作品」において、技術的な複製を介し、新たな知覚経験の媒体として構成された作品を大衆が分かち合うことを、人類の「新生」の契機と考える道筋が開かれていよう。「技師」アーシャ・ラツィスに捧げるという『一方通行』の献辞は、ベンヤミンなりのマルクス主義の受容を示すこうした思考の回路を、彼女との交流が開いたことを物語っている。

シュルレアリスムの革命的な可能性へ

ただし、路上の広告や標識の字句を目にして閃いた思考を、同時代の状況に呼応しながら短い断章に凝縮させ、言わば思考の像の街路を浮かび上がらせる『一方通行』――この表題自体、道路標識を寓意的に浮かび上がらせるものだ――の形式が、シュルレアリスムにベンヤミンが見たものの予兆とも言える要素を含んでいることも見過ごせない。ベンヤミンは、一九二四年に最初の「シュルレアリスム宣言」が出された頃から、この芸術運動に深い関心を寄せている。『一方通行』が一九二八年に、サシャ・ストーンによるフォト・モンタージュをあしらった装幀で刊行されたとき、ベンヤミンは、翌年に発表されるシュルレアリスム論に取り組んでいた。彼がそこでシュルレアリスムから読み取るのは、都市における覚醒がおのずから閃光のように、かつそれ自体として――要するに、既知の意味内容と結びついた比喩としてではなく――像と化し、世界像を一変させる可能性である。それは『一方通行』でも試されていた。

このような「世俗的啓示」を語り、それが「全面的で総合的なアクチュアリティの世界」を出現させるところに、「ラディカルな自由」と革命の接点を見届けようとする「シュルレアリスム」。その議論も、無意識の領域の解放の陶酔をつうじて、現実そのものに覚醒する媒体として、「集団に対して技術という姿で組織される生体」を挙げるところに行き着いている。

「あらゆる革命的緊張が、身体的な集団の神経刺激となり、集団におけるあらゆる身体的な神経刺激が、革命的な放電に達するほど、世俗的啓示において身体空間《ライプラウム》と像空間《ビルトラウム》が浸透し合うなら、このとき初めて現実は、〔マルクスとエンゲルスの〕『共産主義者宣言』が要求する程度まで自己を乗り越えたことになる」。このことを技術が媒介すると述べるとき、アンドレ・ブルトンの小説『ナジャ』に挿入された写真が、ベンヤミンの念頭にあったはずだ。その技術を含めた映像技術が、集団の身体を組織する交感を触発する可能性は、一九三〇年代に映像芸術論において検討されることになる。

一九二〇年代後半のベンヤミンは、同時代の歴史的状況に対する危機感を深めるなか、シュルレアリスムから刺激を受けながら、自足的な個人であろうとする近代の「人間」を無意識の内奥から解体すること——それが「ブルジョワジーの廃絶」の出発点であろう——によって、「人類」が新たな「生体」として生成する可能性を、技術と、さらには政治とも結びついた芸術のうちに探っている。彼はこの可能性を、人類がみずから破滅に近づきつつある歴史を中断する革命へ向けて見通そうとしていた。

『一方通行』初版表紙(サシャ・ストーンのフォト・モンタージュ)

このような思考が一九三〇年代に、先に述べたように、技術を転換させると同時に、技術を介して芸術を、新たな知覚経験の媒体を形成する営みへ転換させる方向性を探ることに結びつくことになる。そして、芸術作品を媒体に人類が自己自身を解放するような美的経験の可能性を探究するのが、ベンヤミンの言う「知覚論」としての美学であるが、その議論に立ち入る前に、彼に芸術そのものを捉え直す視座をもたらしたアレゴリー論に目を向けておきたい。

第二節　アレゴリーの美学——バロック悲劇からボードレールへ

批評のもう一つの原像としての「カール・クラウス」

ゲーテの小説『親和力』を論じたベンヤミンの批評は、彼にとって批評の原像だったが、一九三一年に『フランクフルト新聞』に四回に分けて掲載された「カール・クラウス」もまた、彼の批評的な思考の範型を示すものと言えよう。いずれも三部に分けられ、相対立するモティーフの葛藤の後に、ヘーゲルが語るのとは異なった綜合——あえて言えば、そこにあるのは止揚なき綜合である——が示される、一種の弁証法的な構成を示している。

「カール・クラウス」では、「全人間」、「デーモン」、そして「非人間」の像がこの構成の軸として、クラウスの文筆活動を貫く思考を寓意的に表わしている。彼は、一八九九年にヴィーンで雑誌『炬火《ファッケル》』を創刊し、一九一二年からはすべての記事を単独で執筆してこの雑誌を刊行し続けた。そして、この表現媒体を駆使してジャーナリズムを賑わす常套句を諷刺し、そこに表われる権力の腐敗と道徳の堕落を、倦《う》むことなく糾弾した。そのような彼の活動にベンヤミンは関心を寄せていて、一時期『炬火』を購読してもいた。

「カール・クラウス」においてベンヤミンは、「全人間」の語が表わす、大いなる自然に抱かれた一個の全体として「人間」を想定する倫理観の偽善性を暴き出すかたちで、「デーモン」としてのクラウスを際立たせている。常套句を誇張を交えて模倣し、揶揄《やゆ》し続ける彼の身ぶりは、「人喰い」のそれにほかならない。諷刺とは、引用する他者の言説を喰らって、さらには食い物にすることなのだ。

ただしクラウスにおいては、それによって出版市場に寄生することに対する良心の呵責《かしゃく》と、同時代の状況に対する深い絶望とが、引用の破壊性を突き詰めることに結びついている。そして、悪魔的な破壊の果てに、意味から解放された言葉が未聞の「韻」を響かせながら、「名」の力において甦りつつあるのを、彼は聴き取っているのではないか。そのように、破壊のただなかで言葉が「根源」として語り出される出来事を、ベンヤミンは「非人間」の像で表わす。この「非人間」は、あらゆる人間的なものの破壊の果てにある生成の予兆を示しているのだ。

「しかし、根源と破壊が互いに相手を見いだすところでは、デーモンの支配は終わっている。子どもと人喰いから成る創造物として、デーモンの征服者がその眼の前に立っているのだ。これは新しい人間ではない。非人間であり、新しい天使である」。ベンヤミンがクラウス論において「非人間」を天使になぞらえるとき、彼の念頭にあるのは、この一節に続いて記されているとおり、無数の天使が神の前に、讃歌の歌声として絶えず生まれてくる出来事である。ここで天使の新しさは、言語の再生の寓意となる。

とはいえ、「新しい天使」を語る際に、もしかすると『ドイツ悲劇の根源』に引いた悲劇作家ローエンシュタインの詩句も、脳裡に浮かんでいたかもしれない。「そうだ。／神が墓地で穫《と》り入れる時には、／髑髏《どくろ》の私も天使の顔貌《かんばせ》になるだろう」。ベンヤミンがこれを引用する際に「髑髏」と「天使」の像に集約させるバロック悲劇のアレゴリーの特徴は実際、彼がクラウスの文筆活動のうちに見た、破壊を徹底させた末にある新生への反転と呼応している。

メランコリーとアレゴリー

ベンヤミンが『ドイツ悲劇の根源』で論じたアレゴリーとは、すでに触れたように、ドイツのバロック悲劇において多用された寓意的表現であるが、彼によるとこのアレゴリーは、歴史を「世界の受難史」と見るなかから産み出されている。三十年戦争後の荒廃を目の当たりにしながら、自然の衰滅過程と呼応しつつ、破局に破局を積み重ねる歴史、この「自然史」の経過を見通すとき、悲劇作家にとって「瓦礫のなかに毀《こわ》れて散らばっているものは、きわめて意味深い断片、破片」であるという。「これこそ、バロックにおける創作の最も高貴な素材である」。

ただしその素材も、デューラーが《メレンコリアI》という銅版画に形象化させた――その画面では、あらぬ方を見据えて沈思する擬人像の周囲に、謎めいた暗号と化した事物が散乱している――メランコリーの下では、死んだ文字として現われるほかはない。哀しみの劇を構成する眼差しは、衰滅を刻印された事物を、文字の姿で蒐集《しゅうしゅう》し、永遠のものにしようとするのだ。

「メランコリーの眼差しの下、対象がアレゴリー的なものと化すなか、メランコリーが対象から生命を流出させせると、この対象は、死せるものでありながら、永遠のうちに確保されて残存するが、このとき対象は、無条件にアレゴリー作家に引き渡された状態でその眼前にある」。悲劇作家が永遠を求めるのは、救済への憧れがひときわ強いからであるが、そのことは、現世を終わりなき衰亡の相において見通すことと表裏一体である。このとき、人物も事物も「永遠の衰滅」を刻印された相貌、すなわち「歴史の死相」で姿を現わす。

アルブレヒト・デューラー《メレンコリアI》(1514年)

アレゴリーを作るとは、この相貌を暗号め

いた文字として解読することであるが、それは意味を読み込むことにならざるをえない。ベンヤミンは、ヨハン・クリスティアン・ハルマンの『マリアムネ』から、「かくのごとくマリアムネも毒蛇さながら人を咬《か》み、／しかも平和の糖蜜よりも不和の胆汁を好むゆえに」という一節を引いているが、これが露骨に示すように、人物や事物と抽象的な概念が強引に結びつけられる。

それゆえアレゴリーにおいては、具象的な表現が意味に昇華されることはない。この点においてバロックのアレゴリーは、象徴と対照的である。ラファエロの聖母子像に聖性を帯びた慈愛の象徴を見るときのように、象徴においては、具象的な形態が生き生きと立ち現われることと、普遍的で超越的な意味を表わすこととが瞬間的に一体化する。そのように象徴が一個の全体として完成しているのに対し、画面の片隅で髑髏が「世の虚しさ《ヴァニタス》」の寓意となるようなアレゴリーは、たしかにぎこちない断片でしかない。

そのためにアレゴリーは、古典主義的な芸術観が支配するなか、理知の勝った概念の表示形式として軽視されてきた。しかも、このことがバロック悲劇を貶《おとし》めることにも結びついてきた。だが、ベンヤミンはこうした文学史上の「偏見」に抗して、アレゴリーを、文字による独特の表現として救い出そうと試みている。「アレゴリーは、手慰みの比喩の技巧などではなく、言語が、いや文字《シュリフト》が表現であるのと同様に、表現なのである」。

文字像としてのアレゴリー

バロック悲劇においてアレゴリーが濫用されたことは、同時代の寓意画《エンブレム》の流行と呼応している。そして、寓意画において例えば、目隠しされた女神が天秤を提《さ》げる姿が正義の寓意であることは、この時代の慣習にもとづいている。ベンヤミンによると、悲劇のアレゴリーもまた、「慣習の表現」の側面を有している。

　とくに悲劇の場合アレゴリーは、「権威の表現」として自己を主張するという。まさにその際に、言葉が文字であることが、とりわけ文字の物質性が強調されることになる。その延長線上で、「バロックは、名詞語頭の大文字書きをドイツ語の正書法に定着させた」。ただし、「そこには見栄えを求めることだけでなく、同時に細断してばらばらにするアレゴリー的なものの見方の原理も働いている」。言語をずたずたに切り刻み、個々の文字それ自体を主張させながらアレゴリーを作ることは、さらに「目に見える事物を剥き出しにすること」でもあり、このときアレゴリーは、一種の「図像文字《ビルダーシュリフト》」として立ち現われている。「外面的かつ文体的に、すなわち活字組みの露骨さとともに過剰に意味の負荷がかかった隠喩において、書かれたものは像であることへ突き進む。芸術象徴、すなわち有機的な総体性を具えた像である彫塑的な象徴に対して、アレゴリーという文字像《シュリフトビルト》として姿を現わすこの無定形な断片ほど、鋭く対立するものはない」。生命を抜かれた姿を露わにする像であり、かつ概念を表示する文字でもあるアレゴリーという欠片を、完成を思い描くことなく、ひたすら積み上げていくこと。これが悲劇を書くことなのだ。

このことは一方では、意味に昇華されえない文字に悲哀を鬱積《うっせき》させながら、絶えず滅びつつある被造物を、知のうちに拾い上げていくことである。しかし、それは他方で、言語をひたすら破壊し続けながら、神の創造の業《わざ》に応えることからは遠ざかるかたちで――その意味ではまさに悪魔的に――物質に知を植えつけていくことでもある。こうしてアレゴリーを作るバロックの悲劇作家の技巧を、絶望的な救済の錬金術と呼ぶこともできよう。

ベンヤミンによれば、物の厚みを負ったアレゴリーが独特の表現として姿を現わすのは、悲劇作家のメランコリーに支配された沈思が限界に突き当たり、その技巧が最終的に挫折する地点においてである。このときアレゴリーは、主観の志向から解放されながら、衰滅の相にある被造物がみずから語り始める出来事の媒体として立ち現われる。「髑髏が散乱する場所の慰めなき混乱したありさまにおいて、儚さは、意味される対象として寓意的に表現されているだけでなく、それ自体意味するものとなって、アレゴリーとして呈示されているのだ。復活のアレゴリーとして」。

もしかすると、寓意的な「文字像」がこうして死者の甦る場へと反転することへの願いを込めて、ローエンシュタインは、髑髏の天使への変貌を語ったのかもしれない。ただし、この文字の反転が、この作家も徹底させたアレゴリーの技巧による言語の破壊と、断片的な文字の集積の果てに初めて起きるとベンヤミンが考えていることは、けっして忘れられてはならない。

アレゴリー詩人としてのボードレール

このようなバロックのアレゴリーの「後史《ナハゲシヒテ》」を、ベンヤミンは、十九世紀半ばのボードレールの詩作のうちに見て取っている。彼は実際、『悪の華』のなかの「白鳥」という一篇で、アレゴリー詩人としての自身を語っている。「パリは変化している！　だが、私のなかの憂鬱《メランコリー》では、何ものも／変わらなかった！　新しい宮殿、足場、石材、／さびれた場末。私にとってすべては寓意《アレゴリー》と化し、／私のなつかしい思い出は、岩より重くのしかかる」。

ただし、第二帝政期のパリにあって詩人がアレゴリーを駆使して詩を綴った――『悪の華』でも「狂気」や「倦怠」などの語頭を大文字で記して、これらの語を寓意像に仕立てている――のは、ベンヤミンによれば、憤懣《ふんまん》の表われでもある。セーヌ県知事ジョルジュ・オースマンの下での再開発による都市の変貌と同時に進行していた商品経済の浸透のうちに、ボードレールは、「憂愁《スプリーン》」のなかで「恒常的な破局」を見るだけでなく、激しい「破壊衝動」をもってその過程を攪乱しようともしていた。

そうしたアレゴリー詩人としてのボードレールを論じるために書き溜められていた覚え書きが、ベンヤミンの死後に「セントラルパーク」の表題の下に集められている。そのなかで彼は、この詩人と、同時代の叛乱扇動家《プッチスト》オーギュスト・ブランキとの親近性にも触れながら、両者が共有していた歴史過程の中断への強い意志を指摘している。その意志の下では、アレゴリーはまさに「現代《モデルネ》の武装」である。

ここでアレゴリーとは、資本主義社会の経済過程のなかで捨て去られていく商品——そこには娼婦も含まれる——を、剝き出しの姿で出現させて救い出す寓意像であるが、これを作るために詩人は、「瓦礫に固執する」。このことが、ブルジョワによる「商品世界の欺瞞的な美化に対抗する」ことと相即している。つまり、ボードレールが悪魔的なヒロイズムをもって都市の内奥へ切り込んで作ったアレゴリーは、ベンヤミンの見るところ、都市の廃墟としての相貌を露呈させつつ、資本主義の「神話に対する解毒剤」として働くことを志向していたのである。

そのように批評を含みながら立ち現われる像として、ベンヤミンはアレゴリーを救い出そうとしている。この断片であり続ける像は、「具象的存在と意味する働きのあいだの深淵」に沈潜するなかから、独特の批判的強度を発揮するのだ。このときアレゴリーは、ベンヤミンが『ドイツ悲劇の根源』で「作品の壊死《モルティフィカツィオーン》」と呼んだ批評を遂行している。このとき批評は、象徴としての作品の自足的な輝きが仮象であることも暴くだろう。

こうした力を含んだアレゴリーを表現の媒体とし、ロマン主義とは異なった意味で批評を内在させるとは、次に見るように、ベンヤミンの同時代の「アウラ」を払拭する芸術にも接続されうるかたちで、芸術を刷新することにほかならない。そのことを彼は、『ドイツ悲劇の根源』のなかでこう言い表わしている。「ロマン主義においてもバロックにおいても、古典主義の修正というよりも、芸術そのものの修正が問題なのである」。彼はこの「芸術そのものの修正」が、ボードレールの「現代性《モデルニテ》」において更新されているのも見届けたのだ。

第三節　知覚の変化と芸術の転換——「技術的複製可能性の時代の芸術作品」

文芸評論の展開とラジオへの出演

一九二〇年代後半から三〇年代初頭にかけて、ベンヤミンは、クラカウアーが学芸欄の編集に携わっていた『フランクフルト新聞』や、一九二五年からヴィリー・ハースの編集によって刊行されていた週刊文学新聞『文学世界』などを媒体として、精力的に評論活動を繰り広げていた。とくに書評は膨大な数に上るが、その一つに、一九二九年に出版されたアルフレート・デーブリーンの小説『ベルリン・アレクサンダー広場』の書評がある。

「長編小説《ロマーン》の危機」と題されたこの比較的長編の書評で、ベンヤミンは長編小説という形式を、口承による伝承に起源を持つ叙事的な物語との対照において、近代的なものとして際立たせている。そのうえで、この近代の文学の形式を危機に直面させている新たな叙事性――これに言及する際に彼の念頭にあるのは、ブレヒトが劇作家として同時代に展開していた叙事的演劇である――の胎動を、『ベルリン・アレクサンダー広場』に見て取っている。その際に、この小説の様式原理が「モンタージュ」であることを指摘している点は、ベンヤミンの美学的思考の展開との関連でも注目に値する。

同時代の文学の動向を鋭く見通す批評を次々と発表する傍ら、ベンヤミンは、当時の新しいメディアであるラジオ――ドイツでラジオ放送が始まったのは一九二三年である――にも深く関わっている。フランクフルトに拠点を持つ南西ドイツ放送の番組企画の責任者になった親友のシェーンが、ラジオ講演の仕事を紹介してくれたのだ。

ベンヤミンがラジオにデビューしたのは一九二七年のことで、一九二九年からはフランクフルトで、後にはベルリンでも定期的にラジオ番組に出演している。一九三二年までのあいだに、彼は八十回以上スタジオに入った。子どもの頃に読んだ大詐欺師カリオストロのことや、ベルリンの人形劇や玩具のことなどを、親しみを込めて、事物に息を吹き込むかのように語る青少年向け番組の原稿は、幼年期の回想を含みながら、「子どもの本を覗《のぞ》く」や「人形礼賛」といった同時期のエッセイ――これらも『文学世界』に発表された――と同様に、絵本や玩具の世界に対するマニアックですらあるような愛着を響かせている。

「写真小史」が語る写真の力

ちなみに、「子どもの本を覗く」の題辞《エピグラフ》には、自殺したハインレの詩の一節が引かれているが、作曲家だったシェーンは、この共通の友人の詩を基に歌曲を書いている。そして、彼の仲介でラジオ番組の制作に関わったことは、ベンヤミンにとって、映画をはじめ大衆的なメディアの可能性に関心を向ける契機の一つになったにちがいない。それを論じたのが言うまでもなく「技術的複製可能性の時代の芸術作品」であるが、その議論に立ち入る前に、一九三一年の九月から十月にかけて『文学世界』に連載された「写真小史」に目を留めておく必要がある。

草創期からの写真の歩みを、作品や技法についての美学的な論評を交えて綴ったこのエッセイには、写真における「遠さが一回的に現われること」としての「アウラ」の崩壊や、「無意識の織り込まれた空間」の出現といった、芸術作品論の焦点となるモティーフがすでに現われている。そして、後者に関連して、写真の細部によって射貫かれるような経験が語られるのは、「写真小史」ならではの特徴と言える。

ベンヤミンは、写真家カール・ダウテンダイ——詩人マックスの父に当たる——が、後に妻となる女性と写っている最初期の写真を取り上げ、そこに偶然捉えられた、行く末を見通して憂《うれ》うかのようなこの女性の眼差しに抗しがたく引き込まれると語っている。このとき、シャッターのひと押しとともに死を刻印されたものが「来たるべきもの」と化し、見る者を捕らえているのだ。

「器械装置《アパラート》」を通して写真に不可避的に焼き付けられる過去が、目を刺すような写真の細部に亡霊のように回帰する。この点についてのベンヤミンの指摘は、後のロラン・バルトらの写真論とも呼応している。他方で、写真のキャプション——それは写真のショックを文字に定着させながら、画像を寓意画として浮かび上がらせる——の役割に着目しながら、「生活状況の文書化《リテラリジールング》」としての芸術の集団性にも論及している。このあたりは、来たるべき「技術」としての文学を論じた「生産者としての作家」を介して、「技術的複製可能性の時代の芸術作品」に接続されることになる。

「技術的複製可能性の時代の芸術作品」の着想

すでに「シュルレアリスム」をはじめとする一九二〇年代後半の著作で、ベンヤミンは、芸術と技術の関係に対する深い関心を示していた。しかし、技術的複製の問題をめぐる理論的な着想は、一九三〇年の二月初旬に、書店「書の友の家《ラ・メゾン・デザミ・デ・リーヴル》」の主《あるじ》アドリエンヌ・モニエとの対話をつうじて得られた。

『文学世界』のために書かれた「パリ日記」には、オデオン通りの店――ここをブルトンらシュルレアリストはもちろん、ジェイムズ・ジョイスやヴァージニア・ウルフらも訪れていた――を初めて訪問したときのことが印象深く書き留められている。彼女は、大規模な彫刻や建築は集団の創造によるもので、その全貌を享受するには、写真という「機械的な複製の方法」に頼らなければならないと主張したという。

このときベンヤミンは、ストラスブール大聖堂の聖人の彫像の写真と交換して、「複製技術の理論」を得た。とはいえ、それが芸術論と結びついて展開されるのは、一九三〇年代半ばに、ヨーロッパを覆うファシズムの拡大に対する危機感を深めるなかからだった。

一九三五年十月十六日の日付を持つホルクハイマー宛の書簡に、すでにパリで亡命生活を送っていたベンヤミンはこう記している。「要するに、私たちの前で芸術の運命の時が刻まれた、と申し上げたいのです。その刻印を、「技術的複製可能性の時代の芸術作品」という表題を持つ一連の暫定的な考察に定着させたところです」。

写真入りの印刷物や映画が普及するなか、芸術作品は、技術的に複製された映像のかたちで大衆に享受されるようになった。そのことが意味するのは、作品を「本物」として受け継いできた伝統から、作品が切り離されたことである。そのことが引き起こす「伝統の震撼《しんかん》」において、「人類の現在の危機と新生が表裏一体になっている」。

このことを指摘する芸術作品論を書き下ろしたことをホルクハイマーに伝えているのは、彼が所長を務める社会研究所の紀要『社会研究』にこの論考を掲載してもらう可能性を探るためである。同じ書簡でベンヤミンは、身分証明書の更新のための千フランにも事欠く窮境を訴えている。

知覚の歴史的変化とアウラの衰滅

ところで、「技術的複製可能性の時代の芸術作品」は、ベンヤミンの著作のなかで最も読まれてきたものの一つである。そこで彼が試みているのは、技術的な複製物が大衆に普及する時代における芸術の、根本的な分かれ目という意味での危機を、感性的《エステーティシュ》な経験の歴史的な変質を踏まえて問う美学《エステティーク》である。そのなかで彼は、「歴史の広大な時空では、人間の集団としての存在様式が総体として変化するとともに、知覚様式も変化する」と論じている。

その際、ベンヤミンがヴィーン学派の美術史家アロイス・リーグルの名を引き合いに出しているのは、その『後期ローマの美術工芸』において、「視覚的」知覚と「触覚的」知覚の対によって、古代から民族移動の時代までの知覚経験の集合的な変動が説明されているからである。こうした議論から影響を受けたベンヤミンは、リーグルとは異なった意味で「触覚的《タクティッシュ》」な知覚の概念を展開させることになるが、その一方で、知覚経験の変化に表われる「社会の変動」

が視野に入っていないと彼を批判している。

ベンヤミンが見るところ、科学技術の産物が生活空間に浸透し、とくに機械が都市生活をそのリズムから決定するようになるという近代の「社会の変動」のなかで、知覚のあり方が変化している。つねに触覚的な刺激を伴う信号《シグナル》や警告音《アラーム》などに瞬時に反応できなければ、生命の危険に晒される社会では、知覚はショックに対する反応へと断片化されざるをえない。そのとき、速度を増して伝達される情報も、映像を伴いながらセンセーショナルな刺激をもたらしている。

そのような歴史的状況の下、伝統的な芸術の作品も技術的な複製、すなわち写真やレコードのかたちで鑑賞されるようになっている。レンブラントの肖像画も、ベートーヴェンの交響曲も、作品が唯一無二のものとして立ち現われていた「今ここ」から切り離されながら複製され、身近な場所で断片的に消費されるようになっている。ここにはもはや、「本物」の作品がその全体像において、かつ手で触れられないような神々《オーラ》しさをまとって姿を現わす余地はない。

ファシズムの道具にならない芸術の概念へ

したがって、ベンヤミンが「遠さが一回的に現われること」と定義する「アウラ」は、技術的複製が可能な時代においては消滅せざるをえない。彫刻の近さにある遠さを、山並みの遠さを、一度限りの場で味わう知覚のなかに、それは漂っていた。しかし、彫像も山脈もポスターになって、こうした趣味が崩壊するとともに、独特の雰囲気は失われてしまう。
そのような「アウラの凋落《ちょうらく》」を正視することが、「技術的複製可能性の時代の芸術作品」においては、「創造性や天才性、永遠の価値や秘密」といった芸術論の「一群の伝統的な概念」を「考慮しない」ことと表裏一体になっている。これらの概念は、すでにファシズムによって、映像などの最新の技術を駆使して、独裁的な指導者《フューラー》のカリスマやその事業のスペクタクルを、芸術家とその作品のように美化する――これが「政治の審美主義化《エステティジールング》」と呼ばれる――ために使われてしまっているのだ。このことを見据えながらベンヤミンは、「ファシズムが目的とするものにはまったく役に立たない」芸術の概念を創出しようとしている。

そのために「技術的複製可能性の時代の芸術作品」においては、映像芸術、とくに映画が検討されるわけだが、その際に映画の制作が技術的であることが強調されている。一本の映画は撮影技術を、トーキーであれば録音技術を、さらには照明などの技術を駆使して撮影され、モンタージュの技術で編集されて、断片の組成として作り上げられる。

ただし映画は、それによって永遠の作品として完成するわけではなく、いったん完成した映画は再編集されることもある。また、撮影の際に映画の制作集団――もはや芸術作品は、一人の天才の創造物ではない――は、「技師《オペラトウーア》」として、手術《オペラツィオーン》を行なう医師のように、撮影される対象の内奥へ入り込んでいく。

このような器械装置の操作《オペラツィオーン》によって立ち現われるのが、「無意識の織り込まれた空間」にほかならない。身体の運動の細部や生活空間の構成など、意識的には見ていなかった、ないしは見えなかった「視覚的で無意識的なもの」の領域を、映画の技術的な制作は、「巨大な遊戯空間《シュピールラウム》」として出現させるのだ。

来たるべき民衆の遊戯空間を開く芸術

この「遊戯空間」が立ち現われる出来事が、映画館のなかで体験されるわけだが、それは一つのショックであるほかはない。それに、モンタージュによって構成された映像の転換に次ぐ転換に身を晒すことも、触覚的な衝撃に満ちているはずだ。この点で映画の衝撃には、伝統的な芸術美の集中した観想を破壊する「一発の弾丸」だったダダのそれ以上のインパクトがあるとベンヤミンは述べている。そして、これに映画館での「練習」をつうじて慣れることは、実生活のなかで絶えず晒されるショックの克服に結びつくと彼は考えていた。

くつろいだ状態で映画の刺激を受け容れるとは、日常的に強いられる意識の緊張を発散させることである。それによって映像の「遊戯空間」に自分を解き放てるようになるなら、大衆は階級意識にも目覚めうる。その契機の一つが、映画館のなかに当時しばしば起きていた、集団的な哄笑《こうしょう》のうちにあるという。例えば、チャップリンの喜劇――ベンヤミンはこれを高く評価していた――を前にした笑いのなかで、観衆はそれぞれに動揺させられながら応え合う。「技術的複製可能性の時代の芸術作品」の異稿の一つ（長く第二稿とされてきて、批判版の編集により第三稿とされた稿）に含まれる註の一つで、「ほぐれた大衆」が語られるが、それは、こうした物語の連続的な進行を中断するような映像に対する反応から生成する。この「大衆」は、ファシズムの「政治の審美主義化」によって画一的に集約された大衆の対極にある。そして、ベンヤミンによれば、批評を孕んだ映画の受容とともに生じる「神経刺激」が、映画館で人々を緩やかに結びつけて自覚的に連帯させるとき、集団の身体が、覚醒としての認識の媒体として形成されつつあるのだ。

とはいえ映画が、大衆の意識を鈍化させつつ消費に駆り立てるものとアドルノが批判した「文化産業」として今日まで発展していることを顧みるなら、このような可能性を映画だけに見ることは難しい。むしろ、この趨勢から距離を置いて制作された映画や、次に触れるブレヒトの叙事的演劇の特質も生かしつつ、目覚めた集団の時空間を現出させうるような舞台作品や映像作品のうちに、ベンヤミンが映画に見ようとした可能性が潜んでいるのかもしれない。

ベンヤミンの芸術論は、機械的な技術によって、かつ集団の手で、複数の視点からの批評を介して制作される映画を範に、芸術作品を、触覚を軸とした知覚が新たな集合的な経験として生じ、来たるべき民衆が生成する媒体《メディウム》として捉え返そうとしている。これは、新たな「触覚的な性質」を具えた作品が、その強度によって革命的な力を発揮し始める、「芸術の政治化」の可能性を追求することでもあった。それによって彼は、戦争の破局へ突き進む歴史の流れに立ち向かう美学の理路を探ったのである。

第四節　中断の美学――ブレヒトとの交友

行き詰まりと自殺の計画

「この日にはニースにいようと思っている。そこでかなり変わった奴と知り合ったが、こいつとはもうあちこちでしょっちゅうすれ違っていた。独りでいるのに気乗りがしなければ、奴を祝杯に呼ぶつもりだ」。一九三二年六月二十五日の日付が記されたショーレム宛の手紙で、ベンヤミンは思わせぶりにこう語っている。後にショーレムは、「この日」がベンヤミンの誕生日で、「かなり変わった奴」が死であることを悟ることになる。すでに触れたように、ベンヤミンは、四十歳の誕生日に、ニースで自殺しようと考えていた。

すでに一九三〇年の十一月三日付の手紙でベンヤミンは、ショーレムに母親の死――父親はその四年前に亡くなっていた――を伝えながら、「自分をめぐる状況がストレッタ〔楽曲の急速な結尾〕に入った」と語っていた。彼は、蔵書やクレーの絵画をはじめとする美術作品などの行き先を記した遺書のほか、親しくしていた母方の従弟で医師のエーゴン・ヴィッシング——彼に遺言の執行を依頼している——らへの別れの手紙もしたためている。

そのようにベンヤミンが自殺を計画した背景には、まず離婚裁判の敗訴がもたらした経済的な困窮がある。ドーラと彼の双方の側から訴状が出てもつれた裁判の結果、彼は財産の大部分を失った。また、恋がどれも成就しなかったことが絶望を深めていたことも間違いない。彼が訴訟を起こしたのは、アーシャ・ラツィスと結婚するためだったようだが、ソヴィエト・ロシアの映画担当官としてベルリンへ派遣され、一九二八年の冬から断続的にベンヤミンと同棲していた彼女も、一九三〇年の春にはモスクワへ帰っていた。

その後ベンヤミンは、一九二八年から親密な仲にあったオルガ・パーレムに、一九三二年の六月半ばにイビサ島で求婚するが、断わられてしまう。そのしばらく後に、彼はショーレムに自殺をほのめかす手紙を書いている。そして、訣別の手紙の宛て先のうち唯一の女性は、別れたユーラ・コーンだった。ただし、ベンヤミンの絶望の要因として、恋愛の不首尾以外に忘れられてはならないのは、当時彼の仕事がどれも実を結びそうにない状況にあったことである。

一九三一年八月七日に始まる「死の日までの日記」の冒頭に記されるのは、インゼル出版の社主アントン・キッペンベルクからの断わりの手紙のことである。翌年のゲーテの没後百年に合わせて、『親和力』論をはじめとするゲーテ論をまとめて出版しようという計画は、これによって頓挫した。ゲーテの「新メルジーネ」についての評論や、それ以外の文学論集の計画も、一九三一年から翌年にかけて『フランクフルト新聞』に断続的に載った、近代ドイツの文化を支えた人々の手紙のアンソロジーを出版する計画も、この頃すべて行き詰まっていた。

このうち手紙の註釈付き選集だけは、一九三六年にルツェルンのヴィタ・ノヴァ社から『ドイツの人々』として刊行されている。このときベンヤミンは、「デートレフ・ホルツ」という偽名を使わざるをえなかった。一七八三年からの百年間に書かれた、カントの弟など主に著名人の周辺にいた人々の書簡を集めたその選集には、二十世紀に人々のあいだから失われてしまった温かい誠実さが、忘れがたいものとして滲《にじ》み出ている。

ドイツからの亡命

結局ベンヤミンは、四十歳の誕生日に自殺に踏み切ることはなかった。一九三二年の初めから手記のかたちで書き継がれた「ベルリン年代記」が、イビサからの帰還後に『一九〇〇年頃のベルリンの幼年時代』に改稿されていったことは、彼が生の側に踏みとどまったことを象徴していよう。一九三三年の二月にかけて、死を思うなかに浮かび上がった青年期までの生の記憶は、ベルリンという「大都市の経験」が凝縮された「像《ビルト》」に研ぎ澄まされたのだ。

その際、描き出される「経験」が、幼年期のそれに絞り込まれるとともに、自伝的要素は削ぎ落とされた。ベンヤミンは、後に『一九〇〇年頃のベルリンの幼年時代』を書籍として出版することを目論んで——それは結局実現しなかったが——、今一度全面的に改稿し、次のような一文で始まる序文を付している。「一九三二年に外国〔イビサ島を指す〕にいたとき、自分が生まれた街と、近々長きにわたって、もしかすると永遠に別れなければならないかもしれないことが、明らかになり始めた」。

ベンヤミンがこの一文を記したのは、ベルリンとの別離の予感が的中した五年後のことである。一九三三年一月三十日に政権を掌握したナチスが、二月二十七日に起きた国会議事堂放火事件を利用して反対勢力の弾圧を強めるなか、彼はついに亡命の途に就いた。三月十七日に出国した後、彼は二度とドイツの地に足を踏み入れることはなかった。

二十日には、パリからショーレムにこう書き送っている。「ドイツを去ろうと大急ぎで決心させたのは、〔中略〕むしろありとあらゆる関係先から原稿が返却され、未決状態の、ないしは契約間近の交渉が打ち切られ、状況の照会が何の返事もなく放って置かれるということが、計ったように同時に起きたことだった。公認のものにそっくり順応しないあらゆる態度や文体に対するテロルは、いくら誇張しても足りないほどの規模で広がっている」。

ベンヤミンは、四月から半年近く生活費の安いイビサ島で過ごすも、マラリアに罹《かか》ってしまう。その後パリで彼を待っていたのは、先のホルクハイマー宛の書簡でも暗示されていた窮乏だった。

バロック悲劇の後史としての叙事的演劇

その頃、もう一人の亡命者がベンヤミンに手を差し延べている。同じ頃にドイツを去っていたブレヒトである。一九三三年末にデンマーク南部のスヴェンボリ近郊に居を構えた彼は、折あるごとにベンヤミンをフュン島の南端に誘った。彼は一九三四年、三六年、そして三八年の夏をブレヒトの許で過ごしている。

その背景には、一九二四年にアーシャ・ラツィスの紹介で知り合っていたベンヤミンとブレヒトが、一九二九年の初夏から急速に交流を深めていたことがある。一九三〇年の初秋からは、二人を中心に雑誌『危機と批評』を発刊しようとも画策していた。

雑誌の計画は結局頓挫してしまうが、編集会議が繰り返されるあいだ、ベンヤミンはブレヒトが書いた劇の上演に何度も足を運んでいる。なかでも、一九三一年二月六日に喜劇『男は男だ』――一九二六年に初演されたこの作品の同語反復的な表題が暗示するのは、近代社会の人間の交換可能性である――の上演を観たことは、「叙事的演劇とは何か」という論考を執筆するきっかけとなった。

このブレヒト論においてベンヤミンは、引用された身ぶりへと精練された演技、ソングやプ

スヴェンボリ近郊のブレヒトの家でチェスをするブレヒトとベンヤミン

ラカードを用いた演出——ここにあるのは舞台状況の「文書化」にほかならない——などによって絶えず中断され、俳優と観客の「人間」への感情移入が遮断される叙事的演劇に、バロック悲劇の後史を見ている。いずれの特徴も、アリストテレスが『詩学』で論じたギリシア悲劇との対照において捉えられるべきなのだ。そして、叙事的演劇の各情景は、アレゴリーのように時間的な進行を空間的に凝固させ、行為《ハンドルング》〔ないし筋《ハンドルング》〕を静止させる。

ただし、バロック悲劇と異なり、叙事的演劇における中断のショックは、観客に「驚き」とともに状況を発見させる。このとき提示された状況に対して各人が批評的な態度を表わすなら、一つの塊《マス》だった観客がほぐれていくなか、劇場に目覚めとしての認識が生じるだろう。そのように集合的な意識の覚醒にも開かれたかたちで、芸術に批評を内在させる可能性を、ベンヤミンはブレヒトの演劇に見ていた。

このようにベンヤミンがブレヒトに接近することに、ショーレムをはじめ、友人の一部は強い懸念を抱いていた。とくにアドルノは、ベンヤミンが『社会研究』への掲載を求めて原稿を送った「技術的複製可能性の時代の芸術作品」を厳しく批判する一九三六年三月十八日付の書簡のなかで、「ブレヒト的なモティーフを一掃すること」を要求している。

ブレヒトに影響されて、ベンヤミンがプロレタリアートの批判的な潜在力を過信していたのは確かだろう。しかし、同じ書簡で弁証法の徹底を求めるとき、アドルノはベンヤミンのもう一つの弁証法、すなわち「静止状態にある弁証法」を見過ごしている。この概念は「叙事的演劇とは何か」の初稿において、ブレヒトの劇における中断を掘り下げるなかで初めて定式化されている。

時の経過を遮断しながら凝固し、静止するアレゴリー的な像には緊張が漲《みなぎ》っていて、そのなかからは現在を鋭く照らし出す認識が生じうる。ベンヤミンはその可能性を、歴史そのものを捉え直すなかでも追求している。

インテルメッツォⅡ
アーレントとベンヤミン

ハンナ・アーレント（1944年／フレッド・ステイン撮影）

……原稿の運命を思うときに襲われる不安は、二重に辛い。
友人との接点は乏しいし、ニュースもほとんど入ってこない。
一九四〇年八月九日付のルルドからのハンナ・アーレント宛書簡

「ベンジ」。アーレントは十四歳年上のベンヤミンのことを、尊敬と親しみを込めてこう呼んでいた。例えば、一九三九年十月二十二日付の手紙は次のように始まる。「親愛《シェール》なるベンジさん、お便りするのがようやく今日になってしまって恥ずかしく思います。大変なことがいろいろと続いていたものですから……」。

この手紙の宛て先は、フランスのヌヴェールに設けられていた「志願労働者キャンプ」である。ドイツとフランスの戦争がすでに始まっていたこのとき、ベンヤミンは「敵性外国人」としてこの収容所に抑留されていた。検閲に備えてフランス語で書かれた同じ手紙でアーレントは、文学者のポール・ヴァレリーに政府当局に訴えてもらってはどうかと提案して、ベンヤミンの解放の可能性を探っている。

アーレントとベンヤミンは、すでに一九二〇年代にベルリンで知り合っていたが、交友を深めたのは亡命先のパリにおいてである。彼女とその最初の夫ギュンター・アンダースは、ベンヤミンのアパルトマンをたびたび訪ねた。ちなみに哲学者で作家としても活動したアンダース〔本名はシュテルン〕は、ベンヤミンの父方の伯母フリーデリケ・ヨゼフィの娘クララの息子で、ベンヤミンの従甥《じゅうせい》に当たる。

アーレントはこの頃、ロマン主義の時代にベルリンでサロンを開き、知識人を結びつけるのに重要な役割を果たしたユダヤ人女性ラーエル・ファルンハーゲンの伝記に取り組んでいた。ベンヤミンは、『ラーエル・ファルンハーゲン』に強い関心を示し、一九三九年にはその草稿を読むようショーレムに勧めている。

アーレントは一九三七年にアンダースと離婚し、その後スパルタクス団の一員だったこともある活動家ハインリヒ・ブリュッヒャーと結婚する。彼はベルリンで、ベンヤミンの友人の精神科医フリッツ・フレンケルの助手を務めたことがあった。薬物中毒に陥った労働者の心のケアに、フレンケルの指導の下で従事していたベンヤミンの妹ドーラとすれ違うことがあっただろうか。

パリでアーレントと出会ったブリュッヒャーは、一九三六年六月にアンダースがアメリカへ去った後、「ベンジ」とチェスに興じ、ブレヒトの詩を論じ合うようになる。ベンヤミンは、ブレヒトの連作詩「都市生活者のための読本」の一節は、ナチズムとスターリニズムに共通の最悪の部分を突いているというブリュッヒャーの指摘を記録している。

ベンヤミンは、友人たちの助力によって一九三九年十一月に解放されているが、アーレントとブリュッヒャーは、翌年の五月に抑留されている。アーレントは、五月二十三日にピレネー山脈の近くのギュル収容所へ送られているが、そこにはドーラ・ベンヤミンもいた。

六月十四日にパリが陥落した後の混乱に紛れて収容所を逃れたアーレントは、ギュルから近いルルドに立ち寄った際に、偶然にもベンヤミンと再会する。アーレントは、この聖母マリアの奇蹟の泉の街にベンヤミンと数週間滞在している。朝から晩までチェスをし、合間に新聞を読み、ユダヤ人をめぐる情勢を論じ合った日々を、彼女はショーレムに宛てた一九四一年十月十七日付の書簡で深い思いを込めて振り返っている。

アーレントはブリュッヒャーを探すため、七月上旬にルルドを発ってモントーバンへ向かう。独りになったベンヤミンは、ゲシュタポがパリのアパルトマンに踏み込んで、残されていた原稿や手紙を差し押さえたという報せに打ちのめされながらも、八月には活路を求めてヴィザの発行窓口があるマルセイユへ赴く。彼は九月に、そこでアーレントと再会することになる。

九月二十日にベンヤミンは、彼女に手持ちの原稿の一部をアドルノに渡すよう託している。そのなかには、「歴史の概念について」の自筆の草稿が含まれていた。それは彼がパリで購読していた『スイス新聞』などの帯封《おびふう》や手紙の下書きの裏面を使って書かれている。その六日後にベンヤミンが自殺したことは、十月半ばにアーレント夫妻に伝えられた。

一九四一年五月二十二日にブリュッヒャーとともにニューヨークに降り立ったアーレントは、数日後に当地に亡命していた社会研究所を訪れている。アドルノにベンヤミンの原稿を手渡すためである。彼女は、社会研究所がこれを早い時期に公刊してくれることを期待していた。しかし、その期待は裏切られる。

約二か月後、アドルノたちが当面ベンヤミンの遺稿を出版するつもりがないことを知ったアーレントは、八月二日付のブリュッヒャー宛の手紙で怒りを爆発させている。彼女は、社会研究所の人々がベンヤミンの原稿を握りつぶし、さらにはその思想を横領しようとしていると疑い始めていた。アーレントは、彼らに亡き友に対する忠誠を説いても仕方がないと、ブリュッヒャーとアンダースに漏らしている。

ついにアーレントは、万一に備えて作っておいた原稿の写しを使って、「ベンジ」の思想的遺言「歴史の概念について」を独自に公刊する計画を実行に移そうと、イェルサレムのショッケン社に働きかける。一九四二年に社会研究所から「歴史の概念について」の謄写版《とうしゃばん》が出ても、彼女の疑いは消えなかった。

アーレントは、一九四一年の秋から七年近くにわたって粘り強くベンヤミンの著作集の出版交渉を続けたが、最終的にショッケンとの交渉は不調に終わった。しかし、その過程は、難民としての苦悩を分かち合った「ベンジ」に対する思いの強さを示して余りある。「歴史の概念について」の「ハンナ・アーレント草稿」の全文が、その自筆稿の写真版とともに初めて印刷されたのは、二〇〇六年のことである。

第五章　歴史の反転——ベンヤミンの歴史哲学

抑圧された者たちの伝統は、私たちが生きている「例外状態」が通常であることを教えてくれる。私たちは、このことに応じうる歴史の概念を手に入れなければならない。そうすれば、現実の例外状態を引き起こすことを、私たちの課題として見据えることができるようになる。これによって、ファシズムとの闘いにおける私たちの立場も改善されるだろう。

「歴史の概念について」

第一節　近代の根源へ――『パサージュ論』の構想

『パサージュ論』の最初の構想

ベンヤミンがパリを亡命生活の拠点に選んだのは、当地のパサージュを焦点とする研究の構想を抱いていたからである。今もパリに残るパサージュとは、多くは鉄骨にガラス張りの屋根で被われたアーケード街のことで、十九世紀の前半、とくに一八二〇年代に盛んに建設された。多彩な商店や飲食店を集めたパサージュは、文字通りの意味での「パサージュ」、すなわち公道と公道を結ぶ通過路《パサージュ》の役割も担っていて、そのために多くの人々を引き寄せていた。

しかし、一八五二年にルイ＝ナポレオンによる第二帝政が始まると、パサージュは早くも衰退する。百貨店《グラン・マガザン》が台頭しただけでなく、オースマン知事のパリ再開発によって街路が整備され、連絡路としての役目も失われていったのだ。ベンヤミンは、そのような盛衰の過程に目を凝らし、十九世紀のパサージュに明滅した現象を「根源」として浮かび上がらせ、そこから近代を捉え返そうと考えていた。この構想が凝縮されているのが、「十九世紀の根源史《ウアゲシヒテ》」という彼の言葉である。

往時のパサージュ・ド・ロペラ

こうした『パサージュ論』の構想は、一九二七年六月からのパリ滞在に遡る。ベンヤミンは当時、ヘッセルとともにプルーストの『失われた時を求めて』の翻訳に取り組んでいた。パリの街に通じていたヘッセルと遊歩した経験も、着想の契機になったにちがいない。とはいえ、ベンヤミンをパサージュへ振り向けるのに決定的な役割を果たしたのは、シュルレアリスムの文学であり、なかでもルイ・アラゴンの小説『パリの農夫』である。

一九二五年に取り壊されたパサージュ・ド・ロペラ〔オペラ座パサージュ〕を主な舞台とし、そのガラスの天井から注ぐ「海緑色の光」の下に「人間の水族館」を浮かび上がらせる『パリの農夫』。この小説を読んだときの興奮を、後にベンヤミンは、次のようにアドルノに伝えている。「これを毎晩ベッドで読んだのだが、二、三ページを超えて読み進めることはできなかった。読むと動悸がして、本を置かなければならなかったくらいだ」。そのような体験を重ねるなかから、『パサージュ論』のための最初の草稿が生まれたという。

ただし、パリのパサージュについての著作は、一九二七年の段階では「弁証法の妖精の国」という副題の下、ヘッセルとの共作のエッセイとして構想されていた。それは、ベルリンにも造られていたパサージュとの比較を視野に入れながら、アーケード街の鉄骨建築とその内部空間、娼婦を含むその住人たち、街路を彩る「流行《モード》」といった個々の事象を、弁証法的な転換を含んだ経験のなかから「狂詩曲風《ラプソディ》に」描き出すはずだった。

しかし、「パサージュ」と題された短いエッセイを含む初期の草稿からうかがわれる、こうした当初の構想は、一九二九年の秋にフランクフルトとその近郊のケーニヒシュタインで行なわれたアドルノ、ホルクハイマーらとの「歴史的な」対話の際に受けた批判を踏まえて、大きく見直されることになる。パリのパサージュについての研究は、亡命などによる中断を挟んで、もっぱら十九世紀のパリを対象に、個々の事象を社会史的に考察したうえで、その街路を「根源史」の場として浮かび上がらせる、歴史哲学的な研究に生まれ変わった。このような経緯がアラゴンの『パリの農夫』との出会いを含めて語られるのが、アドルノに宛てた一九三五年五月三十一日付の書簡である。

アドルノの批判

このアドルノ宛の書簡には、『パサージュ論』全体の梗概《エクスポゼ》「パリ――十九世紀の首都」が同封されていた。この梗概には、「商品という物神の巡礼地」としての万国博覧会をはじめとする、ブルジョワ社会における神話的な夢想の装置を検討したうえで、ボードレールの詩作の批評を梃子《てこ》に、夢からの覚醒の回路を、「根源史」の叙述のうちに切り開く構想が示されている。ここにある目覚めは、「進歩」を夢見るなかに産み出された商品の両義性を、「静止状態にある弁証法」として描き出すことをつうじて、究極的には夢想の歴史を中断させることに結びつくはずだった。

アドルノは、およそ二か月にわたって梗概を検討し、そのようなベンヤミンの構想を批判している。「集団の夢」を語り、無媒介に「集合的無意識」に訴える行き方は、人類的な無意識の次元を想定するユングのそれと大差なく、神話的な次元への退行ではないかというのである。

長大な書簡でベンヤミンの議論に詳細な批判を加えるのは、たしかに期待の裏返しであろう。とはいえ、あくまで個々人の意識の発展から考えようとするアドルノは、ブルジョワ社会の廃墟に散乱している「夢の残滓」としての商品に着目し、例えばアール・ヌーヴォーの生物的な意匠が示す、新しさと太古の引用のあいだの緊張を凝視するというベンヤミンの独特の唯物論を受け止めきれなかったようだ。

他方、個人を越えた次元で覚醒を閃かせる「弁証法的像」として夢の残骸を拾い上げる方法を洗練させる際に、ベンヤミンは、おそらくはアドルノの批判を意識して、この「像」を、神話的な夢想の次元で自足するユングの「元　型《アルケテユプス》」から峻別している。『パサージュ論』の方法論とは、「弁証法的像」を媒体とする、「根源史」としての歴史の認識論である。ベンヤミンは、この認識論を繰り広げる序論を書くつもりでいたが、そのための省察は、主に「N　認識論的な事柄、進歩の理論」という表題の下に束ねられた草稿のなかで、具体的な素材の蒐集《しゅうしゅう》と並行して深められている。

「フェリーツィタス」との往復書簡の意義

『パサージュ論』のための方法論的な覚え書きが、歴史に対するどのような視座を示しているかは、もう少し後で検討することにして、ここで「パリ——十九世紀の首都」に立ち返るなら、この梗概によって『パサージュ論』は、社会研究所の研究プロジェクトに採用された。それによって得られる研究費は、ベンヤミンの亡命生活に最低限の安定をもたらしたが、それ以前の彼は、日々の生活費にも事欠くほどだった。

ベンヤミンは、一九三四年の二月頃に書かれたある手紙のなかで、こう窮状を伝えている。「これまでは必要最小限の生活費は何とかなっていたのですが、今やそれも間に合いません。

〔中略〕もう何日も前から、ただ何もしなくてもよいように、また誰にも会わないで済むように横になっていて、体調が許せば仕事をしているような状態です」。手紙の宛て先はグレーテル・カープルス。後にアドルノの妻となる女性である。婚約者として一九二九年秋の『パサージュ論』をめぐる対話に立ち会った彼女は、ベンヤミンの仕事に熱い期待を寄せていた。

父親が共同経営者だったベルリンの皮革製品メーカーの経営を引き継いでいたグレーテルは、以前から親密に交流していたベンヤミンに対する経済的な援助を惜しまなかった。社会研究所から定期的な研究費が得られるまでのおよそ二年半のあいだ、国外への送金が困難になるなかでも、彼女は郵便為替での送金を続けている。そのことを伝える手紙は、亡命生活を経済的にも精神的にも支えていた。

他方でベンヤミンも、グレーテルに対して仕事の計画などを惜しみなく伝えている。「フェリーツィタス」、「デートレフ」と親しく呼び合いながら、ベンヤミンの自死の二か月ほど前まで続いた二人の手紙の遣り取りは、亡命期のベンヤミンの思考の展開を、その舞台裏とともに伝える貴重なドキュメントと言える。なお、「フェリーツィタス」の名は、彼とヴィルヘルム・シュパイアーの共作による戯曲『外套、帽子、手袋』の登場人物に由来し、「デートレフ」の名は、亡命後のベンヤミンが著作を発表する際に用いた筆名「デートレフ・ホルツ」から採られている。

そのなかに、『パサージュ論』の方法論を構成するはずだったベンヤミンの歴史哲学の成り立ちと、その基本的な発想を知るうえで重要な一通の手紙が含まれている。ベンヤミンが一九四〇年の四月下旬から五月初旬のあいだに書いたと見られる「フェリーツィタス」への手紙である。

それまでに一連のテーゼのかたちにまとめていた「歴史の概念について」の原稿の送付を予告する——実際には発送されなかったが——この手紙のなかで、ベンヤミンは次のように語っている。「戦争が、そして戦争がもたらした状況が、いくらかの考えを書き留めておく気にさせたのです。これは、およそ二十年のあいだ胸の内にしまっていた、それどころか自分自身に対しても隠していた考えと言えます」。この一節が物語っているのは、一九三九年九月一日に第二次世界大戦が始まったことと、この戦争に関連して危機的な状況が生じていたことを目の当たりにした経験が、「歴史の概念について」をテーゼ集として書き下ろす決定的な契機になったことである。

歴史哲学の原像としての「神学的＝政治的断章」

「戦争がもたらした状況」と「歴史の概念について」の関係についても後で立ち入ることとして、先の手紙の一節について今注目しておきたいのは、このテーゼ集に結晶する思想が、すでに一九二〇年頃には萌《きざ》していたことが暗示されている点である。この時期に書かれた著作で、歴史の問題に論及したものとしてまず挙げられるべきは、「暴力の歴史の哲学」として書かれた「暴力批判論」であろう。

ただし、生ある者が権力の犠牲に供され続ける歴史を動かす暴力を「神話的暴力」として見通し、その歴史の「終末《アウスガング》」を、「神的暴力」を要請しつつ考えようとするその「哲学」は、同じく一九二〇年頃に書かれた「神学的＝政治的断章」に凝縮された思想を基に繰り広げられていると考えられる。なぜなら、この濃密な断章における思考の焦点もまた歴史の「終局《エンデ》」であり、その冒頭では、これが徹底的に神的ないし「メシア的」なものとして考えられているからである。救済としての歴史の終わりは、あくまで「メシア自身が」もたらすのであって、けっして人間が招来させうるものではない。

「神学的＝政治的断章」におけるこのような神学の徹底は、世俗的には目的論的な歴史観の拒否として表われる。人類の救済を歴史の「目標《テロス》」として設定し、そこへ向けて前進する過程として歴史を物語る立場を、ベンヤミンはあくまで斥ける。目的論的な救済史とは、結局のところ支配的な「われわれ」のための神話でしかない。

一般に「救済史」と呼ばれているものは、生ある者を救済からむしろ遠ざけながら、神話的な運命の下に置く。そして、その物語が、「政治の審美主義化」に極まるかたちで現在に至る経過を美化するとすれば、そこから生ある者を解放し、救済の未来に対して開くもう一つの政治は、その経過の各局面にある破局を正視することから始まらざるをえない。

このことは「神学的＝政治的断章」において、運命からの解放にもとづく「幸福」を、みずからの「没落」によって求めるさまを凝視することと言い表わされている。歴史をひと続きに物語りうる立場を拒絶し、個々の被造物の儚さに寄り添う姿勢は、この断章では「ニヒリズム」にまで先鋭化される。

ここで世俗的な世界の政治における「課題」として語られる「ニヒリズム」は、ベンヤミンがとくに一九三〇年代後半から明確に語る、神話的な歴史への破壊的な介入によって実践されるにちがいない。あるいはそれに先立って彼は、『ドイツ悲劇の根源』において、神的な救済を渇望するがゆえに救済史を拒否し、断片としてのアレゴリーを積み重ねながら「世界の受難史」に固執するバロックの悲劇作家の身ぶりにも、「ニヒリズム」を体現するものを見て取っていたのではないだろうか。

この立場は、さらに一九三〇年代には、物語によって伝承される経験の破産への洞察と結びつきながら、革命の可能性へ向けて突き詰められていく。その洞察は言うまでもなく、「技術的複製可能性の時代の芸術作品」に示される、「アウラ」を凋落させた知覚経験の歴史的な変質への洞察とも表裏一体である。これを踏まえたうえで、「進歩」を夢見ることからの目覚めが、生存の余地を開くもう一つの歴史へ向けて、喫緊の課題として提起されるのである。

第二節　経験の破産から――「フランツ・カフカ」と「物語作家」

経験の衰退

何かを経験するとは、身に起きたことをいったん自分のなかに落とし込んだうえで、語り伝えられるようになることである。それによって、失敗も一つの経験として伝えられるようになる。このことは他人に助言できる知恵を持つことでもあるが、そこに至る過程には、手仕事に似たところがあるとベンヤミンは「物語作家」のなかで述べている。経験を伝える物語は、「ちょうど陶器の皿に陶工の手の跡が残っているように、語り手の痕跡をとどめている」のだ。

ただし、十九世紀ロシアの作家ニコライ・レスコフを論じたこの一九三〇年代半ばのエッセイの冒頭で、レスコフに着目する前提として指摘されるのは、物語られる経験の衰微である。ベンヤミンによれば、これは「進歩」と見られてきた近代の歴史的な過程の帰結である。そのなかで人間は、自身が産み出した技術の力に、政治的かつ経済的な権力に、みずからの身体を剝き出しの状態で晒すに至った。それとともに、体験したことを物語る言葉を奪われていく。

このことを突きつけたのが、第一次世界大戦の戦地から帰還した兵士たちだったとベンヤミンは述べている。ほどなくフロイトに「死の衝動《タナトス》」を発見させることになる彼らは、心身に深い傷を負って、「押し黙ったまま」帰って来た。

帰還兵の沈黙は、戦車や飛行機、さらには化学兵器といった最新の技術の産物が投入された戦争のなかで、戦いの「経験」として語り伝えられてきたものが、何ひとつ役に立たなかったことを物語っている。そして、大量殺戮の暴力にじかに晒された後、経験そのものを失ってしまった兵士の姿は、現代の人間の行き着く先を指し示すものにほかならない。

すでに芸術作品の「アウラ」の崩壊に関連して見たように、技術が浸透した社会に生きる人間は、絶えず情報の触覚的な刺激に反応することが求められる。そのことは、知覚経験が不断の衝撃によって寸断されることを意味している。このような知覚様式の歴史的な変化の結果、経験は「体験《エアレープニス》」、それも「ショックの体験」によって取って代わられた。

ベンヤミンが、最後のボードレール論となった「ボードレールにおけるいくつかのモティーフについて」のなかで述べているところによれば、「ショックの体験」とは、一種の刺激防御である。労働時間のみならず、娯楽の最中にさえ絶えず身体に作用する刺激をやり過ごすために、意識が動員される。それによって遭遇した出来事は、出来合いの情報で処理されるようになる。そうすると、生きられた物事が、体験した者自身のなかから物語られることはなくなる。つまり、人は何ひとつ経験できなくなってしまうのだ。

こうして、身に起きたことを受け止められなくなるなかで、人間は、かつて自身の生存の基盤にあった伝統をも、みずからの手で壊してしまっている。伝統が、物語による経験の伝承、ないしは世代を超えた知恵の継承によって成り立っていたとするなら、経験を失う過程で人間は、伝統の存立の条件を崩壊させてしまった。その結果、伝統が織りなす共同性から切り離されて孤立した人間は、技術の力と腐敗した権力に生身を晒すに至る。

ファシズムによる滅亡のスペクタクルに抗して

このことへの洞察を、ベンヤミンは、第一次世界大戦による世界の崩壊を目の当たりにしたみずからの世代の体験を凝縮させた次の言葉に込めているにちがいない。「経験と貧困」に記されたこの言葉を、彼は「物語作家」の冒頭でも引用している。彼の世代は、「破壊的な奔流と爆発の力の場の中心に、そこに残ったちっぽけで脆い人間の肉体だけで立っていたのだ」。この孤立した肉体は、「物語作家」が書かれた一九三〇年代半ばには、ファシズムの前に晒し出されていた。

ファシズムの本質は、人々の剝き出しの生を、相互監視を含んだ情報技術を駆使して一つに束ね、「われわれ」の他者を排斥しつつ支配圏を拡大しようとする政治的企図のために動員するところにある。そのために、「民族」の「伝統」が、さらにはその「進歩」が、最新のテクノロジーによって物語られる。ベンヤミンは、そのありさまを見据えていた。映画などの形態で再生産される「民族」の神話のスペクタクルは、実際には孤立したままの人々の一体性を演出するのだ。

ここにある「政治の審美主義化」に魅了される者は、ファシズムの道具にされ、総力戦としての戦争によって使い尽くされるだけだ。しかも、当時イタリアの未来派がファシズムとともに美化していた戦争では、人間が産み出した技術の途方もない力が、人間自身を呑《の》み込むに至るだろう。したがって、伝統の崩壊の後に捏造《ねつぞう》された「民族」の「伝統」に拠り所を見いだした人々は、今や戦争における自身の滅亡を、スペクタクルとして消費しようとしている。

このことをベンヤミンは、「技術的複製可能性の時代の芸術作品」のなかでこう言い表わす。「かつてホメロスにおいてオリンポスの神々の見世物だった人類は、今や自分自身にとっての見世物と化した。人類の自己疎外は、人類が自身の滅亡を、第一級の美的享楽として体験しうる域にまで達している」。「進歩」の帰結であるこの破滅的状況を前に、歴史そのものを捉え直すこと。これが『パサージュ論』のための方法論を研ぎ澄まそうとしていた彼の課題だった。

歪められたものへの注意深さ

この課題に取り組む思考の消息を、「物語作家」や、その少し前に作家の没後十年に合わせて書かれた「フランツ・カフカ」も伝えている。これらのエッセイにおいて、ベンヤミンがレスコフとカフカに見届けているのは、被造物の階梯《かいてい》を無機物の次元まで下りる眼差しである。例えば、レスコフが『金緑石《アレクサンドライト》』のなかに描き出しているのは、「被造物の代弁者」と化した宝石細工師であるという。無機物の世界に通じたこの職人には、ナロードニキの一派によって暗殺されるアレクサンドル二世の運命をはじめ、歴史的な世界に語りかける紅柘榴石《こうざくろいし》の予言を聴き取る能力が具わっている。

他方でカフカの世界に現われるのは、生物とも無生物ともつかないオドラデクをはじめとする、奇妙な生き物である。半ば仔羊で半ば仔猫の「雑種」、「巣穴」から顔をのぞかせる風変わりな動物、あるいはグレゴール・ザムザの成れの果てとして『変身』に登場するあの「害虫」。これらの生き物は、忘却のなかから姿を現わすという。そのようにカフカが忘却によって歪められた世界を物語るのは、救済と結びついた宗教的な叡知《えいち》の伝承が失われていることを見抜いていたからでもある。

「オドラデクとは、忘却のなかにある事物が取る形態である。このような事物は歪められている」。忘却の積み重なったところに、この地の底に潜む被造物。その姿は忘却を、そこに含まれる抑圧と遺棄を背負って歪められている。ベンヤミンはその歪みを、カフカの小説に現われる人物像にも見ている。『訴訟』の裁判官も、『失踪者』に登場するホテルの守衛も腰が曲がっている。そして、「流刑地にて」処刑される者は、法の神話的暴力を、すなわち根拠のない腐敗した暴力を、罪状として背中に刻まれることになる。

ベンヤミンによれば、そのように忘却の重荷を背負う者の原像を示すのが、『少年の魔法の角笛』に歌われるせむしの小人にほかならない。「おちびさんよ、頼むから／せむしの小人のためにも祈っておくれ」。「せむしの小人」を締めくくるこの詩句が象徴するのは、十七世紀フランスの哲学者マールブランシュが語ったという「魂の自然な祈り」でもある「注意深さ」にほかならない。これをカフカは、忘れられて歪められた被造物へ差し向けているのだ。

これによってカフカは、せむしの小人の笑い声とも響き合うオドラデクの声を、「落ち葉のなかでかさこそ音がするような」その声のない声——こうした声を、レスコフも「自然の声」として響かせているという——を、作品の世界に反響させている。このことに注意を向けるベンヤミンもまた、被造物の階梯を最下の層まで下るところに、伝統の崩壊と、伝統を支えていた経験の喪失の後に歴史を語りうる場所を模索している。

歴史を語る場所は、上からひと続きに物語りうるところには断じてありえない。そこに立つことは、時の権力者の立場に同一化しながら神話を粉飾することによって、ファシズムに利用されることに終わる。それとともに神話とその暴力の支配が、すでに見たように破滅的に継続するのに対して魂の奥底から抗いうる場所は、今や地の底でしかありえない。

地の底からの歴史へ

地の底に降り立って、忘れられ、歪められたものへ注意を向けるところから、神話に抗するもう一つの歴史が語られうる。そのように考えるベンヤミンの立場を暗示しているのが、『パサージュ論』のための次のような覚え書きであろう。「乞食《こじき》がいるかぎり、神話はなおも存続している」。背を丸め、街路の片隅で物乞いをする者には、近代の神話による忘却がのしかかっている。

このことへ注意を向けるなかで初めて、人間が騙《かた》る「救済」ではなく、真の救済に開かれた歴史を考えうるとする見方を、彼は「物語作家」のなかで、レスコフのうちに見ている。この作家は、三世紀に活躍したギリシア教父オリゲネスが唱えた「万物復興《アポカタスタシス》」の説——ローマ教会によって異端とされた、すべての魂が楽園に甦るという説——を、「呪術からの解放《エントツァウベルング》」と捉えている。そして、それが述べられる『諸原理について』を、ロシア語へ翻訳しようと企てていた。そのことを紹介するとき、ベンヤミンはレスコフの企図から、近代の「根源史」を描き出そうとする彼自身の企てに重なるものを読み取っていたにちがいない。

実際、『パサージュ論』のための方法論的な覚え書きの一つでは、従来の歴史によって排除された事象を拾い上げ、両義性において捉え直していく作業を、「過去のすべてが歴史的な万物復興《アポカタスタシス》を遂げて現在へ持ち来たらせられるまで」続ける方法が提起されている。ただし、この「弁証法的像」を捉えていく方法はここで、歴史が忘れ去ったものと現在の断絶を正視し、神話的な物語を中断する批判的な緊張によって貫かれている。

さらに、破壊的な中断から抑圧された記憶を呼び覚ますことのうちに、ベンヤミンは、伝統が崩壊し、叙事詩がその物語によって伝承してきた経験が衰退した後にありうる、新たな叙事性を探ってもいる。彼はブレヒトの叙事的演劇やデーブリーンの小説のうちに、この叙事性の予兆を見ていた。

だからこそ、中断を含んだ「文書のモンタージュ」が「十九世紀の根源史」を叙述する方法として語られるわけだが、この方法はけっして恣意的なものではない。むしろそれは、思いがけず過去に向き合わせられることにもとづく。

第三節　想起と覚醒――『パサージュ論』の方法

想起からの歴史

ベンヤミンは、一九四〇年の春に「歴史の概念について」のことを「フェリーツィタス」に伝える際に、彼にとって歴史を問うことが、記憶をめぐる問題に取り組むことと不可分であることを示唆している。先にその一節を引いた手紙のなかで、彼は次のようにも語っている。「〔歴史の概念についての〕この省察は、追　想《エアインネルング》（と忘却）の問題――それは一連の「ボードレール論」では別の水準で現われていますが――に、さらに長期にわたって取り組むことになるのでは、と予想させます」。

被造物の世界を歪めていく忘却のただなかで行なわれる過去の「追想」ないし「想　起《アインゲデンケン》」から歴史が、いや歴史そのものが捉え直される。ただし、新たな歴史の起点に置かれるその経験は、意志の力によるものではない。過ぎ去ったことは、意志を越えて思い起こされる。一九二九年に発表されたエッセイ「プルーストの像について」が示すように、このことへの洞察を、ベンヤミンはすでにプルーストの『失われた時を求めて』の翻訳をつうじて深めていた。

紅茶に浸したマドレーヌを口に含んだ瞬間に、過ぎ去った日々の思い出が全身を貫くようにして甦る。プルーストの小説がこの「無意志的記憶《メモワール・アンヴォロンテール》」の体験から紡《つむ》がれていることにベンヤミンは着目し、それを自身でも『一九〇〇年頃のベルリンの幼年時代』を綴るのに生かしている。彼はその際、想起が恣意的ではありえないことを踏まえる一方で、幼年期の「大都市の経験」――それ自体としては彼自身にとっても、歴史的にも取り戻しがたく失われてしまった経験――の記憶を、危機的な今を捉えて「像」に定着させる能動性も重視する。

こうして「無意志的記憶」の概念を批判的に受容することは、『パサージュ論』の方法論の精練にも結びついている。そのための覚え書きのなかで、ベンヤミンが『失われた時を求めて』のさまざまな場面に言及していることは、この小説に描かれた身体的な想起の体験を、彼がいかに重視していたかを物語っていよう。彼はこれを、「根源史」としての歴史を描く方法の原点に位置づけようとしたのだ。

「歴史主義」批判

想起を歴史の原点に置くことは、歴史そのものの刷新とも結びつく。この点を確かめるために、ホルクハイマーからの一九三七年五月十六日付の書簡に応答するかたちで記された覚え書きに注目しておきたい。この書簡のなかでホルクハイマーは、いったん行なわれた不正は取り返しがつかず、それによる苦悩は救いがたいと歴史の不可逆性を主張する。これに対してベンヤミンは、過ぎ去ったことを想起することによって、不正を被った者の苦悩の記憶を、すでに物語られた歴史から解き放ち、今に呼び覚ますことができると述べている。

それによって、過去の不正もあらためて問いただされうる。その意味で「科学が「確認した」とされることを、想起は正すことができる」。つまり「想起」は、「完結させられたこと(苦悩)を、未完結にすることができる」のだ。歴史は、このような想起の力にもとづいて、出来事の真実に近づくことを含みながら語られうるはずである。それゆえ「歴史は、たんに科学であるだけでなく、それに劣らず想起の一つの形式でもある」。

「科学」、とくに十九世紀以来の「精神科学」であることに安住して歴史を記述する立場を、ベンヤミンは『パサージュ論』のための覚え書きから「歴史の概念について」に至るまで、「歴史主義」と呼んで批判している。この立場から歴史を書く者は、できるだけ多くの史料を集め、因果関係で「史実」を結びつけて一貫した物語を作り上げようとする。そして、そのことに満足しつつ過去の悲劇に「感情移入」することは、結局のところ、今歴史を語りうる支配的な立場に同一化することに行き着く。

「歴史の概念について」のための草稿の一つによれば、そのような構図の下で歴史が語られてしまうとは、過去の苦悩の「嘆き」の「残響」が掻《か》き消されることであり、それにもとづく物語が、語り手もろとも時の支配者の自己正当化に利用されることでもある。唯物論であれ、理論の立場から外在的に歴史の不可逆性に訴える者は、ここに至る過程を傍観することによって、神話の支配の強化に荷担し、最終的には自身の抵抗力を麻痺させてしまうだろう。

過去と現在の布置を捉える

もちろん、ベンヤミンの死後、微かな痕跡やわずかな記録を――時の支配者が残したものであれ――微視的に読み解くことで、被支配者の苦悩の記憶を呼び起こし、支配の過程を貫く抵抗を構成する、広い意味でポストコロニアルと形容できるような歴史の叙述も現われている。しかし、彼が『パサージュ論』に取り組んでいた頃、「歴史主義」は、ファシズムの用いる神話を強化するような「麻酔的」な役割を果たし続けていた。

だからこそ、彼は『パサージュ論』のための覚え書きの一つで、精神科学としての歴史学の祖とされるランケの言葉を引きながら、こう述べている。「物事を「それがもともとあったとおりに」描く歴史というのは、この世紀の最も強力な麻酔薬だった」。この「麻酔薬」の効力を止める歴史の姿を、想起の経験から構想する際に、ベンヤミンはその経験の空間を捉え直している。

つまり、ベンヤミンの歴史哲学においては、想起の経験の場が、プルーストの小説の多くの場面が繰り広げられる室内――それは近代の文学としての長編小説の空間でもある――から、「進歩」が集合的に夢見られるなか、破局が恒常的に続く、神話としての歴史の現場に置き直されるのだ。そこでは万国博覧会に象徴されるように、植民地支配によって収奪されたものがエキゾティックに美化されたうえで消費され、「流行《モード》」が出現すると同時に、古びたものは捨て去られていく。

資本主義と科学技術の合理性によって神話が絶えず再生産され、人々がそのスペクタクルに――たとえこれが自身の破滅を見せつけるとしても――眩惑されているこの空間には、破局の傷が無数に刻まれている。それに触れる瞬間に想起が始まる。神話としての歴史によって抑圧されてきた過去に、不意に向き合わせられるのだ。思考が立ち止まらせられるこの「非随意的想起」の瞬間に、ベンヤミンによれば、過去と現在が一つの「布置《コンステラツィオーン》」を形成している。『パサージュ論』のための方法論的な覚え書きのなかに、次のような一節がある。「思考には運動とともに想念の静止も含まれている。思考が緊張に充ち満ちた布置において静止するに至る地点、そこに弁証法的像が現われる。それは思考の運動における中間休止《ツェズーア》である。その場所は、言うまでもなく、けっして任意のものではない」。

商品の並ぶ街角に、あるいは保存された文物のなかに痕跡を残す過去に、断絶の上で出会う想念の中断の瞬間、これを「認識が可能になる今」として摑《つか》むとき、この抑圧されてきた過去の記憶を呼び覚ます歴史認識が像を結びうる。この像は、神話としての歴史の傷跡から、その歴史が忘却してきた記憶が呼び起こされる媒体と言えよう。

そして、残骸としての現在と、甦りつつある過去との「弁証法的」な緊張によって貫かれたこの像を捉えるに至る想起の経験は、自己が震撼させられるほどの強度を含んでいる。そこには、未完結となった過去の記憶が、自分を支えてきた歴史を覆すかたちで到来するからである。

ベンヤミンは、想起する経験の強度を、「ボードレールにおけるいくつかのモティーフについて」のなかで、再びプルーストの「無意志的記憶」を検討しながら測っている。フロイトが一九二〇年に発表した「快原理の彼岸」——よく知られているように、この論文において帰還兵の心的外傷《トラウマ》の症候から「死の衝動」が読み取られている——を主に参照しながら進められるその議論に従えば、不意に過去の記憶に襲われる体験は、近代の生活における不断のショックを遣り過ごす刺激防御を破壊しうる。

ボードレールは、そのような「無意志的記憶」の強度を、都市空間を遊歩するなかでわが身に引き受けることによって、崩壊の形象を語り出していた。それゆえ、このアレゴリー詩人の詩作を貫くのは、「体験」とは峻別される「ショックの経験」である。

想起から歴史を捉え直そうとするとき、ベンヤミンはその経験を、ボードレールのそれに通じるものと考えていた。この想起は、歴史の傷痕に触れた瞬間に、未聞の記憶に捕らえられるところに始まる。その衝撃を潜り抜け、抑圧されてきた過去へ注意を向けるに至る経験が、記憶の像に結晶しうるのだ。

ちなみに、「ボードレールにおけるいくつかのモティーフについて」は、それに先立って書かれた「ボードレールにおける第二帝政期のパリ」の「Ⅱ　遊歩者」の章を改稿して成ったものである。ベンヤミンは一九三七年に、際限なく増えていく『パサージュ論』の草稿のうち、ボードレールに関するものだけを独立した論考にまとめる構想を抱く。一九三八年四月十六日付のホルクハイマー宛の書簡では、『パサージュ論』の「ミニアチュア・モデル」としてのボードレール論の三部構成が説明されている。

ベンヤミンは、その構想にもとづいて第二部として書いた「ボードレールにおける第二帝政期のパリ」を社会研究所へ送ったが、この論文は、アドルノによってこれまで以上に厳しく批判された。当時のパリの社会的な事象を、理論の媒介抜きに詩と結びつけているというのである。ベンヤミンはこの第二部を、批評の展開の素材を提示する場と位置づけて書いていたが、『社会研究』の原稿料に生存が懸かっていた彼は、改稿の要求に折れるほかはなかった。

その結果として生まれ、一九四〇年一月に研究所の紀要に掲載された「ボードレールにおけるいくつかのモティーフについて」は、議論の凝縮度によってベンヤミンの文芸批評の最後の輝きを示すだけではない。そこでは「経験と貧困」などで示された経験の衰滅への洞察も、写真の発展や群衆の出現との関連で深められている。さらに、「憂鬱《スプリーン》」のなかで都市の内部に冥府を幻視していたアレゴリー詩人の「ショックの経験」を、何かを経験すること自体が不可能になりつつある歴史的状況における最後の経験として、先の手紙で触れられていた記憶の理論と関連させながら描き出しているのは、このボードレール論の際立った特徴と言える。

その執筆と並行するかたちで、ベンヤミンは、『パサージュ論』のための歴史認識の理論を深化させていた。詩人の経験の強度を、「非随意的想起」にもとづく歴史認識の経験にも見て取るこの理論に関して、今忘れられてはならないのは、それが想起の経験を、「目覚め」の経験としても描き出していることである。

目覚めのなかから書かれる歴史

「プルーストがその生涯の物語を目覚めるところから始めるように、いかなる歴史の叙述も、目覚めとともに開始されなければならない」。「根源史」として歴史を描く出発点にある目覚め。それは、神話的な夢想が抑圧してきた過去との遭遇によって引き起こされる。目覚めるとはまず、この過去の欠片が入り込んでいる現在に目が開かれることである。それとともに空間は神話の被いを引き剝がされ、廃墟としての相貌を露呈させる。ここには歴史によって捨て去られたものが、破局の生傷を晒しているのだ。

そこへ眼差しを向けるなかで初めて、何が夢見られていたかを見通すことができる。このことをベンヤミンは、フロイトの言葉を借りて「夢解釈《トラウムドイトゥング》」とも呼んでいるが、それによって眠れる集団の夢想のなかに潜んでいた記憶が、神話としての歴史を覆すかたちで呼び起こされる。そのような想起の媒体として「弁証法的像」を捉え、近代の根源史を描き出していくことは、近代の「時代の夢《ツァイト＝トラウム》」からの覚醒を目指す歴史叙述として構想されていた。

目覚めの瞬間を「認識が可能になる今」として摑み、想起の経験を一つの像に定着させるところから、「十九世紀の根源史」が書かれうる。このとき、当時のパサージュに現われては消えた事象のそれぞれが、「根源」の現象として、さらにはベンヤミンがゲーテの言葉を借りて語る「歴史の原現象《ウアフェノメーン》」として立ち現われるだろう。

つまり、個々の事象の像は、植物界の豊饒さを象徴する一枚の葉――これをゲーテは「原現象」と呼んだ――のように、パサージュの盛衰の過程を凝縮させたかたちで映し出しながら、そのなかでは発揮されなかった可能性を告げる。このことが近代の歴史的な過程を照らし出し、見直させるのだ。

このような、根源としての像の配置による歴史叙述は、十九世紀から現在に至る過程の総体を、そのなかで潰えた希望とともに見通すような、「時代の夢」からの覚醒に結びつくはずだった。しかし、『パサージュ論』という一冊の書物のかたちで根源史が書かれることはなかった。現在残されているのは、その梗概、そしてテーマごとに束ねられた引用と覚え書きの膨大な集積だけである。

第四節　破壊と救出――「歴史の概念について」

「戦争がもたらした状況」のなかで

一九三九年の晩夏、ベンヤミンは打ちひしがれていた。その原因は、この年の八月二十三日に独ソ不可侵条約が締結されたとの報せだった。当時パリに滞在していた作家のゾーマ・モルゲンシュテルンは、ベンヤミンが何度も憔悴しきった様子で訪ねて来たと語っている。

「モスクワ日記」が伝えるように、彼は一九二六年十二月初旬からおよそ二か月のあいだ、モスクワに滞在したことがあった。言うまでもなく、アーシャ・ラツィスを訪ねるためである。その間ベンヤミンは、共産党への入党も思案しているが、党員になることはなかった。レーニンの死後の体制の変化を感じ取っていたのかもしれない。

モスクワで交流した芸術家の多くを粛清し、後にアーシャもカザフスタンの収容所へ送ることになるスターリンの全体主義的な体制に対して、ベンヤミンは何の幻想も抱いていなかったはずである。それでもなお、当時ソヴィエト・ロシアは、ファシズムの拡大を食い止めうる唯一の力だった。それがヒトラーのドイツと手を結んでしまったのだ。

このことは、ベンヤミンが破滅的なものと予見していた戦争が間近に迫っていることを意味していた。実際、一九三九年九月一日にドイツがポーランドに侵攻し、二日後にはイギリスとフランスがドイツに宣戦を布告する。こうして第二次世界大戦の火ぶたが切られると、ベンヤミンは、すでにドイツ国籍を剝奪されていたにもかかわらず、敵性外国人としてパリ郊外のコロンブ競技場へ召喚され、その後二〇〇キロメートルほど南にあるヌヴェール——マルグリット・デュラスの『ヒロシマ、私の恋人』の主人公の女性の故郷である——近郊の「志願労働者キャンプ」に抑留された。

モニエをはじめとする知人とペン・クラブが手を尽くしたおかげで、ベンヤミンは十一月にパリへの帰還を許されるが、それまでの二か月ほどのあいだ、収容所の劣悪な生活環境の下で暮らすことを余儀なくされた。彼はその間、仲間とともに収容所新聞を発行する可能性を探ったり、若い人々向けに哲学と芸術論の講義を行なったりしている。

ベンヤミンがドンバール通りのアパルトマンに戻ったのは十一月下旬のことだったが、その間にドイツが東と北へ占領地域を拡大し、パリへ通じる戦線をも脅《おびや》かしつつあることを、彼は耳にしていたはずである。先に引いた「フェリーツィタス」宛の手紙にある「戦争が、そして戦争がもたらした状況が」という言葉は、独ソ不可侵条約の締結からここに至る経緯と、それが招来させた情勢を指しているにちがいない。

パリで親しく交流していたアーレントの証言に従うならば、「歴史の概念について」のテーゼ群は、収容所から帰還してほどなく書き始められた。一九四〇年二月二十二日付のホルクハイマー宛書簡のなかでベンヤミンは、その「いくつかのテーゼを書き上げた」と伝えている。おそらくはそのしばらく後に二十ほどのテーゼ集にまとめられる「歴史の概念について」は、二度目の世界大戦に立ち至った歴史的状況に対する応答として、政治的な態度表明を含むかたちで、歴史そのものについての彼の思考を凝縮させたテクストである。

危機の瞬間を捉える

ところで、このホルクハイマー宛の書簡においてベンヤミンが語っているなかで注目されるのは、「歴史の概念について」と、彼が一九三七年に『社会研究』誌で発表した「エードゥアルト・フックス――蒐集家にして歴史家」との関連が示唆されていることである。実際、『風俗の歴史』の著者の「蒐集家にして歴史家」としての仕事を批評し、彼が取り上げる大衆芸術との関連で、技術的複製の問題を新たな視角から考察するこの論考が示す洞察からは、「歴史の概念について」のいくつかのテーゼが生まれている。

他方で、『パサージュ論』の方法論についての省察が、これらのテーゼに結晶していることも忘れられてはならない。未聞の過去との遭遇から始

ドンバール通りのアパルトマン跡（著者撮影）

まる想起のなかから、「像」を媒体として歴史を叙述するという立場は、「歴史の概念について」においても維持されている。現にそのための準備草稿に、ベンヤミンはこう記している。「歴史《ヒストーリエ》とは、厳密な意味においては非随意的想起にもとづく一つの像であり、これは危機的な瞬間に歴史の主体の前に姿を現わす」。

「歴史の概念について」の一連のテーゼが、ベンヤミンが歴史認識についての思考を積み重ねてきたなかから生まれたテクストであることを確かめるために、ここではフックス論のなかの次の一節に着目しておきたい。「「真理がわれわれから逃げてゆくことはない」――〔十九世紀のスイスの作家〕ゴットフリート・ケラーにあるこの言葉は、歴史主義の歴史像のなかにある、史的唯物論によって撃ち抜かれる場所を正確に示している。なぜなら、二度と取り戻すことのできない過去の像は、この像において語りかけられていると認識しなかったそれぞれの現在とともに、今にも消え去ろうとしているのだから」。

この一節は、ほぼそのまま「歴史の概念について」のテーゼの一つに取り入れられるが、このとき、その前に次の二つの文が付け加わっている。「真の過去の像は、さっと掠めて消え去る。まさにそれが認識されうる瞬間に閃いて、二度と目にすることのない、そのような像としてのみ、過去は留め置くことができる」。

破壊と救出としての認識

「歴史の概念について」のテーゼで加わった一節は、過去が今ここに示す儚く、また微かな痕跡に触れる一瞬を描くとともに、過去の前にはっと立ち止まらせられるこの想起の瞬間を摑んで、想起を像に定着させるという歴史認識の課題も指し示している。もしその瞬間を逸するなら、過去も、それと時の断絶を越えて出会った現在も、今まさに破局に破局を重ねている歴史的な過程に呑み込まれてしまうだろう。

そのような洞察は、続くテーゼの次の一文に集約されることになる。「史的唯物論にとっては、危機の瞬間に、歴史の主体の前に思いがけず姿を現わす過去の像を留め置くことが重要である」。ここでは、想起が「非随意的」であることとともに、その瞬間が決定的な分かれ目であることも述べられている。

では、想起の瞬間を捉えるとはどういうことなのだろう。それは、この次のテーゼの末尾で語られる「歴史を逆なでする」という言葉が端的に示すとおり、すでに支配的な「歴史」の物語に、批判的かつ破壊的に介入することである。想起の瞬間を「今という時《イェッツトツァイト》」として捉えること。それは、これこそが「歴史」と見なされている物語が呈する連続性を打ち砕いて、その神話が抑圧してきた記憶を摑み出すことなのだ。

テーゼの一つでこのことは、「進歩」史観の下では時間が単調な直線と化してしまうことに対する批判も込めて、次のように語られている。「歴史とは構成の対象であり、その場を形づくるのは、均質で空虚な時間ではなく、今という時が充満した時間である。その意味でロベスピエール〔フランス革命の際にジャコバン派を率いて恐怖政治を強行した政治家〕にとって古代ローマは、今という時で充ち満ちた過去であり、彼はこれを歴史の連続を爆砕して取り出したのだ」。

この一節をはじめとして、「歴史の概念について」のなかでベンヤミンが、「進歩」の神話としての「歴史」を破壊し、その支配から過去の記憶を救い出すことの積極性を強調するのは、「抑圧された過去のための闘い」が喫緊の課題であることを伝えるためである。フランス革命を引き合いに出していることが示すように、彼はその闘いを革命に結びつくものと考えていた。

死者との連帯を表わす歴史

この革命は、死者とともに成し遂げられなければならない。ベンヤミンは、「歴史を逆なでする」方法を提示するテーゼのなかで、破局の歴史が積み重なった現在に目覚めるとは、死者に遭遇することでもあると語っている。「文化」の象徴が支配と搾取の「野蛮」の産物であることに気づかされること。それは、「文化財」がここにあるのが、「それを創造した偉大な天才の労苦だけでなく、その同時代人の筆舌に尽くしがたい苦役のおかげでもある」ことが突きつけられることでもある。

それとともに、歴史が名を消した死者に出会うことになる。想起の瞬間を掴むとは、この「人間」であることすら奪われた死者と結びつくことでもある。そのなかから「歴史を認識する主体」が生まれる。この「主体」は、死者を哀悼する想起とともに、「野蛮」に晒された者たちの連帯のうちに生成するのだ。「闘う被抑圧階級」として。ベンヤミンは、この階級こそが、「何世代にもわたる打ち倒された者たちの名において、解放の仕事を成し遂げる」と述べている。

こうして「歴史の概念について」のなかで、想起することが死者と連帯することでもあることが強調されるとき、ベンヤミンが用いる「想起《アインゲデンケン》」の語のうちに、ブロッホの『ユートピアの精神』に取り組んだ経験の刻印も浮かび上がっている。戦争と革命の挫折のなかで非命の死を強いられた者の哀悼に始まるこの著作は、その魂を回帰させる「想起《アインゲデンケン》」とともに、生き残った魂が「新しき生《ヴィタ・ノヴァ》」に開かれることにまで説き及んでいる。その一九一八年に刊行された初版について、ベンヤミンは詳細な書評を準備していた。

このことは、『ユートピアの精神』に直接言及する「神学的＝政治的断章」のみならず、カフカ論にも痕跡を残している。そこでベンヤミンがマールブランシュの言葉として語る「魂の自然な祈り」を、すでにブロッホは「想起」の営みとして語っていた。ベンヤミンは、「想起」の語に込められた、地の底へ追いやられた者たちへの「注意深さ」を重視しつつ、これを「打ち倒された者たち」の苦悩の内実を浮き彫りにする言葉の力と結びつけている。

そのことは、想起の経験を新たな歴史として語ることが、「引用」になぞらえられるところに表われている。先に見たテーゼのなかでベンヤミンは、「フランス革命は古代ローマを引用した」と語っているが、『パサージュ論』のための覚え書きの一つでは、「歴史を書くとは、歴史を引用することである」と断言している。そして、「歴史の概念について」の別の箇所でも示されるとおり、「引用する《ツィティーレン》」という語は、語源的に「呼び出す」という意味を有している。

引用すること自体が、言葉を文脈から剝ぎ取る破壊性を含むように、引用によって歴史を語るとは、神話的な物語を「逆なで」し、破局の犠牲になった者たちの記憶を、歴史主義的に物語られる因果の連鎖から解放して救い出すことである。そうして初めて、死者の一人ひとりが何を体験したかが言葉になる。歴史を書くとは、神話としての歴史に抗して、それが抹殺した死者と、この死者が巻き込まれた出来事とをその名で呼び出し、死者の記憶を証言することである。

革命としての歴史へ

このとき、歴史を語る言葉が「名づける」ものとして「像」となる。言葉が、言語の本質に若きベンヤミンが見た創造力を発揮するなか、そこに出来事が死者とともに甦ってくるのだ。

彼はその可能性へ向けて、「像」を歴史の媒体と規定している。この像において歴史が反転する。今や歴史は、「抑圧された者たち」から語り出される。過去と現在の断絶の上での遭遇を捉える像とは、ひと続きの物語を残しえなかった者が歴史を捉え返す言葉にほかならない。「歴史観のコペルニクス的転回」を語る『パサージュ論』のための覚え書きが示すように、像としての文字に出来事の記憶が、「たった今降りかかってきた」かのように呼び覚まされるところに、ベンヤミンは革命の可能性を見ていた。歴史を語るとは、この地点から、破局に破局を重ねてきた過程を見返して、それを中断させることである。ここに革命が起こる。彼は「歴史の概念について」の準備草稿の一つで、革命とは、人類が「世界史という機関車」の「非常ブレーキを摑むこと」だと述べている。

戦争のさなかにベンヤミンは、この時の反転にもとづく革命――彼は、歴史において過去は未来となって実践の力を産むと述べたランダウアーとともに、「革命《レヴォルツィオーン》」を「時の反転《レヴォルツィオ・テンポリス》」から考えていた――に、死者を含めた人類の存亡が懸かっていると考えて「歴史の概念について」のテーゼを書いた。ただし、その一つによると、歴史を記す者が自覚しうるのは、あくまで「微かなメシアの力」である。

このことは、「歴史の天使」の姿が寓意的に示している。「彼はきっと、なろうことならそこに留まり、死者たちを目覚めさせ、破壊されたものを寄せ集めて繋ぎ合わせたいのだろう。だが、楽園からは嵐が吹きつけていて、その風が彼の翼に孕まれている。しかも、嵐のあまりの激しさに、天使はもう翼を閉じることができない」。

救済を成し遂げないまま、未来へ追い立てられる天使の姿は、ベンヤミンの運命を予言しているようでもある。一連のテーゼを書いたことを「フェリーツィタス」に伝えたとき、ナチス・ドイツの軍靴《ぐんか》の音が迫りつつあった。ヒトラーの軍隊が間近に迫った六月上旬、ベンヤミンは仕事を成し遂げないまま、妹のドーラを伴ってパリを脱出せざるをえなかった。

エピローグ——瓦礫を縫う道へ

破壊的性格が目にするものに、何ひとつ不易のものはない。だからこそ、彼は至るところに道を見て取る。他の者が壁や山塊にぶつかるところにさえ、彼はひと筋の道を見通している。とはいえ、どこにでも道を見るがゆえに、彼はあちこちで道を拓《ひら》く羽目になる。つねに粗暴な力に訴えるわけではなく、時には洗練された力も用いる。至るところで眼前に道が開かれているということは、彼自身はつねに岐路に立っている。いかなる瞬間も、次の瞬間が何をもたらすかを知ることはできない。現存するものを彼は瓦礫に帰せしめるが、それは瓦礫のためではなく、瓦礫を縫う道のためである。

破壊的性格が生きているのは、人生は生きるに値するという感情からではない。自殺は骨折りがいがないという感情からである。

「破壊的性格」

第一節　ベンヤミンの死

天使の像に込められた言葉に生きる意志

イビサ島の眩《まぶ》しい陽射しの下、ヒトラーのドイツから逃れて来たベンヤミンは、言葉に生きようという意志をあらためて天使の姿に込めた。彼の名から生じた、そして神の前で創造の業《わざ》を讃《たた》えた瞬間に消滅する運命にあったはずの天使の姿に。この天使は、まだ地上に留まっている。「私がもはや所有していないものたちのなかに、彼は棲《す》んでいるのだ」。

イビサで、亡命してから五か月になろうとする一九三三年八月十三日に書かれた「アゲシラウス・サンタンデル」。そこに浮かび上がるこの堕天使の像は、女性関係を含めてベンヤミンの生涯を凝縮させた像であるばかりでなく、地上の歴史的な世界においては滅び去るほかはない被造物に捧げられる、彼自身の言葉の寓意像でもあろう。

ベンヤミンがそれまでに『一九〇〇年頃のベルリンの幼年時代』のためのエッセイを書き継いできたことを暗示するかのように、この天使は、「別れざるをえなかったもの、人々、とくに物事に似ている」とされている。そのような天使についてもう一つ注目されるべきは、天使が抱く「幸福」の想念が、「根源」の性格を示していることである。「天使は幸福を望む。相矛盾することを。そこでは、一度かぎりのもの、新しいもの、まだ生きられていないものの恍惚が、もう一度の、取り戻されたものの、生きられたものの至福とともにある」。ベンヤミンは、すでに『ドイツ悲劇の根源』のなかで、根源の現象においては「一回性と反復が互いに互いの前提となる」と述べていた。

たしかに、この天使の絶えず後ずさりする姿――それは「歴史の天使」の身ぶりの予兆でもあろう――が暗示するように、「別れざるをえなかったもの」自体は儚い。しかし、それは「もう一度」、しかも「まだ生きられていない」姿に生まれ変わることができる。言葉において。言葉は、過ぎ去ったものが根源の現象として甦る媒体になりうる。その可能性に天使の「幸福」を求めるベンヤミンの眼差しには、「十九世紀の首都」パリに現われては消えたものたちの像を配置して、近代の「根源史」を描き出そうという『パサージュ論』の構想にも貫かれる、言葉に生きることへの意志が滲《にじ》み出ているにちがいない。

おそらくはこのような生への意志を抱いて、ベンヤミンは、最後の最後までパリに留まっていた。亡命した友人の一部は、パリから、そしてヨーロッパから脱出するよう彼に勧めていた。ショーレムは、すでに一九二〇年代の後半から、パレスティナへ来るよう繰り返し働きかけていた。ベンヤミンは、そのためにヘブライ語を学び始めた時期もあった。

しかし、戦争が始まって敵性外国人収容所に一時抑留された後も、彼は利用者証を更新して、パリの国立図書館に通い続けていた。かつての妻ドーラが一緒にロンドンへ逃げようと説得しても、彼は聞き入れなかった。

こうして頑ななまでにパリにこだわるところには、もちろん十九世紀生まれのヨーロッパ人としての矜持が働いていたにちがいない。彼は、最終的にアメリカへ逃れることに備えて英語の勉強を始めていたが、合衆国での生活に不安を抱いていたとアーレントが伝えている。しかし、彼のこだわりはそれ以上に、歴史の現場に踏みとどまろうという意志を表わすものであろう。

パリ国立図書館で仕事をするベンヤミン(ジゼル・フロイント撮影)

パリからマルセイユへ

瓦礫に瓦礫を積み重ねる「進歩」の歴史的過程を内側から食い止めること。その可能性へ向けてベンヤミンの歴史哲学は、廃墟に打ち捨てられた歴史の残滓の側から、歴史そのものを反転させる思考の道筋を示していた。そして、この革命的な反転を、近代の「根源史」の叙述として実現させようという意志を胸に、彼は図書館に籠もっていた。しかし、その意志を貫くことはできなかった。一九四〇年五月十日にドイツ軍がフランスに侵攻したとの報せは、パリを離れなければならない日が迫っていることを告げるものだった。

再度の抑留を何とか免れたベンヤミンは、『パサージュ論』などの草稿とクレーの《新しい天使》を、当時国立図書館の司書だったジョルジュ・バタイユに託して、図書館の奥に隠してもらう。ベンヤミンが敵性外国人収容所から解放された妹のドーラを伴ってパリを脱出したのは、六月十四日にヒトラーの軍隊がパリへの無血入城を果たす直前だった。二人がフランス南西部のルルドに到着したのは、六月十五日のことだった。

ベンヤミンは、妹とともに二か月近くルルドに留まった。この間、すでに述べたように、収容所から逃げ出したアーレントと再会している。別れを告げられなかったモニエに宛てた手紙では、物価が安いこの地に、数多くの難民が流入している様子が語られている。

ニューヨークにいるアドルノには、「あらゆる新聞(ここでそれらは一枚刷りでのみ発行されている)を自分宛の通達のように読み、あらゆるラジオ放送から凶報の使者の声を聴くべく断罪された」境遇と、一刻を争う危険な状況を伝えている。この頃アドルノは、ホルクハイマーとともに、ベンヤミンが合衆国への入国ヴィザが得られるよう手を尽くしていた。

友人たちの努力が実って、ヴィザ発行の目処が立ったという報せを受けたベンヤミンは、強直性脊椎炎が悪化して移動が困難だった妹と別れ、独り鉄道でマルセイユへ向かう。当時占領を免れていたこの港町に、アメリカ合衆国の領事館があった。そこにはすでにおびただしい数の亡命者が、ヴィザと乗船券を求めて押し寄せていた。

一九二八年の秋、ベンヤミンは旅人としてマルセイユを一度訪れていた。彼は滞在中にハシッシュ〔マリファナ〕を吸っている。この麻薬による陶酔のなかに、港町の荒々しい相貌が一種の自然として姿を現わすのを見届けようとしたのだ。シュルレアリスムとも呼応するかたちで――当時シュルレアリストも、ハシッシュの効果を試していた――生の多孔性を体験しながら、記憶を含めた知覚を無意識の次元から研ぎ澄ます試みは、「マルセイユのハシッシュ」として書き留められている。

その経験を、港の活気と娼婦街の腐敗が同居する都市の像を共感覚的に浮かび上がらせるエッセイ「マルセイユ」に結晶させてから十二年後の夏、ベンヤミンは難民の一人として、当時とはまったく別の混沌を呈するマルセイユに来ていた。そこにはクラカウアー、「志願労働者キャンプ」で一緒だった作家のハンス・ザールといった知人がすでに辿り着いていた。街のカフェで日々深刻さを増す情勢を語り合う輪に、九月にはアーレントとその夫のブリュッヒャーが加わることになる。

帰路なきピレネー越えの道

アメリカ領事館でベンヤミンは、友人が用意した合衆国への入国ヴィザの交付を受けることができた。当時マルセイユから出る船に乗ることはきわめて困難だったため、彼は他の多くの亡命者と同様に、スペインを通過してリスボンからアメリカ行きの船に乗る道を選び、スペインとポルトガルの通過ヴィザも調達している。しかし、フランスとドイツの休戦協定に、兵役義務年齢のドイツ人の出国を認めないという条項が含まれていたために、ベンヤミンは――彼がすでに無国籍になっていたことは考慮されなかったのだろうか――、フランスからの出国ヴィザだけは得ることができなかった。

それゆえ、彼はピレネー山脈を越えて、非合法にスペインに入るほかはなかった。九月の中旬に、作家のハインリヒ・マンと歴史家のゴーロ・マン、そして作家フランツ・ヴェルフェルとその妻アルマ・マーラー＝ヴェルフェルがピレネー越えに成功したとの報せを耳にしたのだろう。ベンヤミンも山越えの間道を抜けることを決意する。

アーレントに手持ちの原稿の一部を託したとき、ベンヤミンは自分の企ての危険さを予感していたかもしれない。しかし、当時の彼には、ピレネー越え以外の道は考えられなかった。それから四日後の朝、彼は前触れなしにリーザ・フィトコの部屋を訪ねる。自身亡命者だった彼女は、当時国境近くの村バニュルス＝シュル＝メールの村長と協力して、他の亡命者の山越えの手引きをしていた。彼女の夫ハンスは、ベンヤミンの友人だった。

さっそくその日の午後、彼女はベンヤミン、そして同行を希望したヘニー・グルラント（後のエーリヒ・フロムの妻）とその息子を伴って国境へ出向き、村長に教えられた道を、下見を兼ねて歩いたという。このときベンヤミンは、すでに重そうな書類鞄《かばん》を提げていた。フィトコの回想によれば、鞄の中身について彼はこう語った。「この原稿は助からなければなりません。それは私個人よりも大事なのです」。そして、山腹の空き地に辿り着くと、疲れたのでここで夜を明かすと主張した。彼はもう戻らないと決意していた。

ポルボウでの客死

翌朝、葡萄《ぶどう》畑へ向かう農民に紛れて来たフィトコの一行と落ち合ったベンヤミンは、山越えを再開する。心臓を病んでいた彼には、急な勾配を登ることは辛かった。彼は、十分歩いては一分休むというペースで、ゆっくりと山道を進んだという。その結果、スペイン側の国境の街ポルボウに辿り着いたときには、すでに陽が傾き始めていた。

夕刻、重い足取りで向かった国境警察の詰め所でベンヤミンの一行を待っていたのは、恐ろしい通告だった。当局はマルセイユで発行されたヴィザを尊重せず、フランス政府の発行した出国ヴィザを持たない者は、フランス側へ強制送還するというのである。ベンヤミンにとってこのことは、わが身と原稿がナチスの手に渡ることを意味していた。それは、彼が何を措《お》いても避けようとしていたことだった。

監視下での一夜の滞在を許されたホテル、フォンダ・デ・フランシアの一室で、ベンヤミンは夜遅く、隠し持っていた致死量を超えるモルヒネを嚥《の》んだ。そして、一枚の書き付けを同行者に渡して意識を失ったという。

「出口のない状況に置かれ、けりをつけるほかなくなってしまった。私が生を終えようとしているのは、誰ひとり私を知る者がいない、ピレネー山脈の小さな村だ」。アドルノに宛てたこの言葉を伝えて、ベンヤミンは四十八年の生涯を閉じた。一九四〇年九月二十六日のことだった。彼が命よりも大切だと語った鞄のなかの原稿の行方は、今も判っていない。

これも確たる理由が判っていないが、旅を続けられた同行者がもたらした死の報せは、彼を知る人々を震撼させた。友人からは哀悼の言葉が手向けられたが、なかでもブレヒトの詩は、ベンヤミンの客死に同じ亡命者として迫ろうとするものと言えよう。

ブレヒトの「難　民《フリュヒトリング》W・Bの自　殺《フライトート》によせて」は、こう始まっている。「僕は聞く。君がみずからに手を下したと。／虐殺者を出し抜いて。／八年ものあいだ追放され、敵の興隆を見届けた末に、／とうとう越えがたい境へと追いやられ、／聞けば君は、越えうるほうの境を越えてしまった」。他殺を拒んで、ベンヤミンは年来胸中にあった自死を遂げた。

第二節　瓦礫を縫う道を切り開く批評

ポルボウの《パサージュ》

「墓地は、地中海に通じる入り江に向かっています。テラス状に石を削って造られているのです。そうして出来た石壁に、棺も納められています。そこは掛け値なしに素晴らしい。今まで見たなかで最も美しい場所の一つです」。アーレントは、イェルサレムのショーレムにベンヤミンの死をめぐる経緯を報告する一九四一年十月十七日付の書簡で、彼が葬られたポルボウの公共墓地についてこう語っている。

小さな入り江に面した、晴れた日には鮮やかな白壁の墓地の一角にベンヤミンの棺も納められていたはずだが——五年分の使用料が支払われた記録が残っている——、彼が自死を遂げてから約四か月後にポルボウを訪れたアーレントは、どの壁龕《へきがん》にも彼の名を見いだすことはできなかったという。現在墓地の入り口には、「ヴァルター・ベンヤミン／ドイツの哲学者」と記された銘板が掲げられ、墓地内には小さな記念碑が置かれている。没後七十五年を記念して新たに設けられたモニュメントには、先に引いた最期のメッセージが刻まれている。

さらに、墓地の門の手前には、イスラエルの美術作家ダニ・カラヴァンがベンヤミンの没後五十年を記念して制作したモニュメント《パサージュ》の入り口がある。海へ向けて、崖を貫くかたちで造られた鋼製の「通路《パサージュ》」は、途中で断ち切られている。そこは、ベンヤミンにとっての通行路《パサージュ》――パリのパサージュ、各地の街路、思考の方途など――に思いを馳せながら、それを辿る歩みがこの地で途絶したことを追想する空間と言えよう。

この「通路」が行き止まりになるところには、「歴史の概念について」の準備草稿から次の

ポルボウの公共墓地入口(著者撮影)

ポルボウの公共墓地風景(著者撮影)

言葉が、一部省略されたかたちで、銘として刻まれている。「称讃された、名のある者たちの記憶に敬意を払うよりも、名もなき者たちの記憶を敬うことのほうが難しい。この点では、詩人や思想家の記憶にしても例外ではない。名もなき者たちの記憶にこそ、歴史の構成は捧げられている」。スペイン内戦の最後の戦闘が行なわれたポルボウにおいて、「名もなき者たち」には、この戦争の犠牲者も含まれるにちがいない。

　このように、終焉の地にいくつものモニュメントが造られていることは、一方ではベンヤミンの足跡の大きさを物語っている。しかし、他方でこのことは、彼の仕事が一種の「文化財」として歴史に組み込まれてしまう危険の徴候でもある。墓地内の碑には、「文化財なるものは、同時に野蛮の記録であることなしに、文化の記録であるということはありえない」という「歴史の概念について」の一節が刻まれているが、そのことがベンヤミンの思想を「文化財」に祭り上げてしまうという皮肉な事態すら生じかねない。そして、こうした危険は今、彼の著作が読まれるあらゆる文脈に

ダニ・カラヴァン《パサージュ》
(1990〜94 年／著者撮影)

潜んでいよう。

そのことを前に今一度思い起こされなければならないのは、碑に刻まれた言葉も示すように、神話化としての顕彰や美化にこそ、ベンヤミンの思考が抗ったことである。その意味で、彼の思考は一貫して批評的だった。彼は批評を、一九一六年末のブルーメンタール宛の手紙が示すように、第一次世界大戦の時期から、時代の闇を歩み抜く方法と捉えていた。

批評の「破壊的性格」

方法《メトーデ》という語は、ギリシア語で「道に沿う《メトドス》」ことを指す語に由来する。ただし、ベンヤミンの方法には、道を拓《ひら》くことも含まれている。彼の思考は、国家と資本という全体的な機構の神話的暴力によって生ある者とその仕事が際限なく使い捨てられていく時代にあって、その闇のただなかに生存の道筋を切り開こうとしていた。そのような思考の一側面は、友人で銀行家のグスタフ・グリュックの肖像として書いたとベンヤミンが語る「破壊的性格」に示されている。

一九三一年に発表されたこの短いエッセイには、友人の肖像に仮託するかたちで、批評としての思考の寓意像が描かれる。その破壊性は、支配的に見えるものを打ち砕いて道を開ける。「現存するものを彼〔破壊的性格〕は瓦礫に帰せしめるが、それは瓦礫のためではなく、瓦礫を縫う道のためである」。「瓦礫を縫う道」、それは「進歩」という名の不断の破局が、すでに瓦礫を積み上げているなかに切り開かれる。そして、この道では、使い捨てられたものたちの「死後の生」が、言葉を生きるなかに繰り広げられる。

「破壊的性格は、歴史的な人間の意識を具えている。その心根には物事の成り行きに対する抑えがたい不信と、何事にもうまく行かないことがあるのに進んで注意を向ける用意がある」。批評が行なわれるのは歴史、それもベンヤミンが『ドイツ悲劇の根源』で語った「世界の受難史」の現場、すなわち廃墟である。そこに遺棄されているもの、ないしは見損なわれて残されているものへ注意が向かうところから批評が始まる。そのたびに思考は立ち止まる。

このような出発点を持つ批評の典型であるバロック悲劇論の冒頭で述べられるように、批評という方法はつねに「迂路」を辿るものであり、それを歩むリズムは断続的であるほかはない。この中断を含んだ思考の律動をつうじて、特定の作品を美化し続ける支配的な物語を破壊し、この神話が忘却してきた作品の内実を言葉のうちに取り出すこと。これが、死者が残した仕事の「死後の生」を、今ここに繰り広げることなのだ。批評するとは、このようにして死者と応え合う言葉を生きることでもある。

救済としての革命の思想

そのために「瓦礫を縫う道」を切り開くとは、何よりもまず、地上の被造物の世界に踏みとどまることである。それは世界戦争の時代を生きたベンヤミンにとっては、人間が産み出した技術が、人間自身に対して牙を剝き、その生存を脅かし続けている歴史的な過程と対峙することでもあった。「進歩」と美化されてきたこの破滅的な流れを中断させ、技術的な生産過程の内側から転換させる可能性を追求する思考。すでに見たように、彼はこれを一九二〇年代の半ばから史的唯物論と呼ぶようになる。

ベンヤミンにとってこのマルクス主義的な立場を標榜することは、何よりもまず、第一次世界大戦後の民衆のための革命に、あるいはファシズムとの闘いに身を捧げ、倒れた人々との連帯を表明することである。また、それは同時に、「史的唯物論」と呼ばれてきたものを、進歩への信仰から脱却させ、真に革命的な抵抗の思想として捉え返すことでもあった。そのために史的唯物論は、人類の解放をメシアによる救済と考える神学の助けを借りなければならないと彼は考えていた。

そのような発想を寓意的に表わしているのが、「歴史の概念について」の最初のテーゼに描かれる、チェスを指す人形にほかならない。エドガー・アラン・ポオの短編小説「メルツェルのチェス・プレイヤー」から採られたこのトルコ風の衣裳をまとった人形は、棋士がどのような手を指しても、「一局の勝利を確たるものにする応手を返す」ように造られているが、実はその人形を、チェスの名人である「せむしの小人」が装置の奥で操っているとベンヤミンは語る。この小人は、神学の寓意像であり、その力によってのみ、史的唯物論の勝利が保証されるというのだ。

ここで神学が隠れた小人と結びつけられるのは、たしかに歴史をもはや神学的に語ることはできないからである。その一方で彼が「せむしの小人」を語るところには、この背が曲がった挫折の寓意像が暗示する、歴史の暴力に晒され、その忘却の重荷を背負った者たちへ、カフカ論で語られた魂の祈りとしての注意を向けるところにこそ、神学がありうるという思想も顔をのぞかせている。

ベンヤミンが神学と呼んでいるのは、まずは儚い被造物の救済への希望である。彼によるとその救済は、メシアが歴史を突如として中断し、世界の歪みを正すところに初めて訪れる。しかも、それは自分のための将来という偶像を徹底的に排して――これが彼の「偶像禁止」の戒律である――、死者を想起するなかで初めて望むことができる。だからこそ、彼はゲーテの『親和力』の批評の末尾に、「希望なき人々のためにこそ、希望は私たちに与えられている」と記したのだ。

「瓦礫を縫う道」とは、この死者のためにこそ考えられる希望の余地であり、それは歴史と対峙する生者の批判的な作業によって切り開かれなければならない。そして、神話の呪縛を断ち切りながら瓦礫の山を掘削する思考が、「忘れがたい」生の記憶を探り当て、それを今ここに呼び覚ます像に結晶するとき、時代の闇を貫く道を切り開きながら、真に言葉を生きることができる。ベンヤミンの批評とは、このような像であることへ向けて書を刻み、生き残る道筋を拓く方法である。

第三節　哲学としての批評

神話から生を解放する哲学

瓦礫を縫う道を切り開き、時代の闇を死者とともに歩み抜く方法としてのベンヤミンの批評。それはヘルダーリンの二篇の詩の評論や、ムイシュキン公爵の「忘れがたい」生を語るドストエフスキーの『白痴』の批評といった初期の作品から、一九三〇年代末のボードレール論、さらにはいくつかの未定稿のみが遺稿として残された「歴史の概念について」に至るまで、ベンヤミンの著述を貫いている。

ベンヤミンの批評的な思考の潜勢力を今あらためて測る際に、まず踏まえておかなければならないのは、彼の批評についての省察が、その媒体としての言語、芸術の批評的な反省の姿、そして批評的認識の核心にある歴史を、それ自体として捉え返していることである。そのことはとりもなおさず、歴史的な状況のなかの生を、その不可欠の要素である言語とその芸術という視点から、生き残る可能性へ向けて照らし出すことにほかならない。この点で彼の批評的な思考は、生きることを根底から問う哲学である。このことは、彼自身自覚していた。

ゲーテの『親和力』についての評論のなかでベンヤミンは、芸術作品の「事象内実」を見抜いたうえで、その「真理内実」に迫ろうとする批評は、哲学的であると述べている。ただし、批評が作品のなかからその真理として提示するのは、あくまで「最高の哲学的問題」であって、この点で批評は、真理をみずから語ろうとするような哲学とは区別される。

さらにベンヤミンは、哲学的思考は神話を解体するとも論じている。そのように批評として哲学を理解する立場は、『親和力』論と同時期に書かれた「翻訳者の課題」から、『パサージュ論』のための梗概と草稿を経て、「歴史の概念について」に至るまで堅持されることになる。

実際に「哲学」が語られるこれらの著作において問われているのは、「母語」という神話を突き破る翻訳であり、また神話と化した「歴史」から目覚め、その物語を破壊する、想起の営みからの歴史である。そして、これらを問うなかで、思考の媒体をなす言語の本質への洞察が深められていたことは、けっして忘れられてはならない。

模倣からの言葉

第一次世界大戦のさなかに書かれた「言語一般および人間の言語について」のなかで、ベンヤミンが「言語自体の最も内奥にある本質」を「名」と規定するときに見抜いていたのは、言葉を発することが、遭遇する他の人や事物の肯定にもとづくことである。この人に語りかけるのは、その生き物のことを語るのは、それぞれの存在を受け止めているからである。発語とは、特異性の肯定である。

このことは、言葉が実質的に何かを語ることの根拠でもある。そして、肯定のなかから具体的な言葉が発せられるとき、語るのは私ではない。ローゼンツヴァイクも『救済の星』のなかで述べているように、むしろ「言葉が語る」。しかも、言葉が語る出来事のなかに、「言語の生命」が息づいている。ベンヤミンは、言語を形づくる息遣いを翻訳と考えていた。人や事物の存在を認めるとき、すでにそれらに語りかけられているのであり、言葉を発するとは、それに応答することである。このとき発語は、それ自体として翻訳なのである。

翻訳が一つの言語を初めて形成する。翻訳以前に言語はない。ということは原初的には、言語には外部のみがある。翻訳とともに一つの言語が、そしてその話者の自己が、他者に応えて、そして他者へ向けて形成されるのだ。私は、翻訳のなかから、他の言語を話す者たちのあいだに、言葉として誕生する。

しかし、バベル以後の歴史的な世界のなかでこの私は、同類としての「われわれ」に組み込まれざるをえない。とりわけ近代の言語の歴史は、自己の内部を体系化し、その話者を「民族的」ないし「国民的」同一性《アイデンティティ》において規定していく過程と言える。それが言語そのものを窒息させてきたのだ。

ベンヤミンは、この過程を今や誰ひとり逃れられないことを踏まえたうえで、「われわれ」の言語の閉域を内側から突破し、照応のうちに生成する息遣いを個々の言語に取り戻させる道筋を、詩的な言葉の「字句通り」の翻訳のうちに見届けていた。そこには、他の言語の言葉遣いに限りなく似せていくかたちで、それに呼応するもう一つの言語を形成し直す可能性が示されている。

ここにあるのは、発語の根拠をなす他者の肯定を、極限まで深めていくような模倣《ミメーシス》である。ベンヤミンは、「アゲシラウス・サンタンデル」を書く一九三三年の夏にイビサ島で、この模倣から言語を、そして言葉を生きることを見通す視点を、「模倣の能力について」という短い論考〔その異稿として、半年ほど前に書かれた「類似性の理説」がある〕で提示している。彼はそこで、言語において類似を読み取るところに模倣を見ている。ここで類似とは、目に見えるかたちで似ていることだけでなく、例えば占星術が読み取る、星辰の配置と未来の「非感性的類似」でもある。

筆跡からも読み取られうるこうした類似を感知し、万象との照応《コレスポンデンツ》を祭祀などで生き生きと表現してきた経験の伝統は、それ自体としては途絶えてしまった。しかし、その記憶は、現在記号として機能している言語という「媒体《メディウム》」に沈澱している。それゆえベンヤミンに言わせれば、文字とは「非感性的な照応の文書庫《アルヒーフ》」なのだ。そのような言語の肯定的な潜在力を、彼はさらに、技術の転換へ向けて引き出そうともしている。

技術の転換と芸術の刷新

「技術的複製可能性の時代の芸術作品」の異稿の一つ〔批判版の第三稿〕でベンヤミンは、「第一の技術」から「第二の技術」への転換を、来たるべき芸術を構成する要因として論じている。前者は、自然の全面的な支配を目指し、そのために弱肉強食と人身御供の血腥《ちなまぐさ》い暴力を抱え込んだ――アドルノとホルクハイマーは、ここに「啓蒙の弁証法」を見届けることになる――近代技術である。それに対して後者は、批評的な自己省察を可能にする自然界からの距離を保ちながら、模倣的な試行を繰り返し、自然の潜在力を引き出す新たな技術である。自然との「共同の遊戯《ツザメンシュピール》」――それは「共演」でもあろう――を可能にし、神話的な自然支配を克服した「第二の技術」を、作品の受容者も巻き込んだ集団的な創造の過程に組み込んだ新たな芸術。これをベンヤミンは、『一方通行』で語られた「生体」としての人類ですらあるような民衆を、個々人の孤立を越えて創造する可能性において探究していた。彼はブレヒトの影響の下、映画や叙事的演劇を、来たるべき民衆の生成の媒体《メディア》として構想していたのだ。

このことが、ベンヤミンにとっては階級なき社会へ向けた「芸術の政治化」だった。ただし、技術的に制作される芸術作品において生成しうる民衆とは、自分が置かれた状況を見通しながら美的な知覚をともに遊ぶ、「ほぐれた」集団であり、その生成の過程を貫くのは、神話を解体する批評的認識である。

作品の調和的な完成を絶えず突き崩す批評が内在しているような芸術の姿を見通し、その洞察を「芸術そのものの修正」に結びつける道筋を提示していくというのは、『ドイツ・ロマン主義における芸術批評の概念』からボードレール論に至るまで一貫したベンヤミンの美学の方向性である。そのような美学が、バロック悲劇とボードレールの詩作を貫くアレゴリーの概念には凝縮されている。

こうした芸術の刷新への洞察を見届ける地点からは、神話的な抒情の流れを断って、破片ないし物質としての語自体の表現に、歴史と緊張関係にある記憶を共鳴させる——例えば、パウル・ツェランの詩作が示すような——詩的言語、さらには芸術の言語の可能性も照らし出されるにちがいない。それは、ベンヤミンが『ドイツ悲劇の根源』において語った、「傑出した作品」が生まれる可能性でもあろう。このような作品は、「ジャンルを創設するか、廃棄するかのいずれかであり、完璧な作品にあっては両方が一体になっている」。

「名もなき者たちの記憶」に捧げられる歴史

ベンヤミンは、言語の肯定的な本質と、それを発現させる模倣についての省察を深めるとともに、模倣的な「共同の遊戯」の技術と、批評的認識を織り込んだ芸術作品の姿を探究していた。その一方で彼自身は、他者の作品の内実に、あるいは廃墟としての都市空間の細部に沈潜するなかから紡ぎ出される批評を実践し続けていた。この批評の言葉は、一つの像として、それらに潜む可能性を浮かび上がらせる。

文字がそのように「死後の生」の場をなす像として立ち上がるなか、言葉が「名」としての肯定性を発揮する可能性を、ベンヤミンは、さまざまな著述のなかで追求していた。そうすると彼は、文字通りの意味で、すなわち文字を立てる人《シュリフトシュテラー》という意味での文筆家《シュリフトシュテラー》として生きたとも言えよう。

その活動を貫く模倣について、ベンヤミンは『パサージュ論』のための最初期の覚え書きの一つで、次のようにも語っている。「ただし模倣には、来たるべきことではなく、かつてあったこと、つまり生きられたことにそくして行なわれるという特殊な性質がある」。模倣するとは、そして言葉を発するとは、過ぎ去ったものを想起することであるほかはない。彼はこのことを突き詰めるなかから、歴史そのものを捉え直そうとした。

そうしたベンヤミンの思考の方向性は、歴史の媒体を像と考えるところに、最も明確に表われていよう。このことは言うまでもなく、従来の歴史叙述に対する根底的な批判を含んでいる。彼は『パサージュ論』のための方法論的な覚え書きの一つで、「歴史はいくつもの像に分解するのであって、いくつかの物語に分かれるのではない」と述べている。今や歴史は、因果の連鎖を俯瞰しうる立場から、ということは支配者に同一化した視点から連綿と物語られるものではありえない。そのような歴史の語り口に含まれる「大勢順応主義《コンフォーミズム》」――それはファシズムの下では、自滅の美化に行き着く――を、まず排する必要がある。

それとともに地の底へ眼差しを向け、歴史を語りえなかった、それゆえに支配的な物語によって抹殺された者たちの記憶の一つひとつから、歴史的な経過の総体を見返し、危機的な現在を見通すこと。そのような歴史認識によって初めて、生存の余地が言葉のうちに切り開かれうるはずだ。「過去の像」とは、「名もなき者たち」の記憶を呼び起こしながら、死者とのあいだに息を通わせる空間を、時系列の中断のうちに切り開く言葉にほかならない。

「過去の像」としての言葉は、歴史としては未聞の過去の前に立ち止まらせられるところから語られる。この静止した瞬間に、過去と現在が断絶の上で出会っているのを捉えるところから、想起の媒体として、この言葉は語り出されるのだ。そこに過去の記憶が甦る瞬間に、言葉が一つの像と化すと言うのがより正確だろう。

そのなかには、時系列を攪乱し、歴史を弁証法的に反転させる力が漲《みなぎ》っている。この力を、ベンヤミンは「プルーストの像について」のなかで、おそらくは若い頃から親しんできたフランスの思想家シャルル・ペギーの著作も念頭に置きながら、「仮借ない老化に拮抗しうる若返りの力」と呼んでいる。

革命的ですらある想起の力を孕んだ像としての言葉、それは出来事とこれを体験した死者をその名で呼ぶ、断片としての物語でもあるだろう。このような「名づける言葉」を星座をなすように配置することによって、ベンヤミンは、「名もなき者たちの記憶にこそ」捧げられるもう一つの歴史が、断絶のなかに構成されうると考えていた。

何ものにも支配されない息吹の隙間を切り開く

ベンヤミンの死と相前後して起きた、ショアー〔ホロコースト〕をはじめとする途方もない破局に巻き込まれた人々のなかに残存する記憶にも応じうるような、またそのために非連続的に構成される歴史の概念を、彼は「進歩」と呼ばれる過程が破局の連続であることを正視しながら、その中断としての革命へ向けて構想していた。技術を織り込みながら来たるべき民衆の媒体を創造する芸術の概念にしても、彼の美学は、技術の浸透による知覚の変容を踏まえつつ、ファシズムが伝統的な芸術の概念を濫用しているのを見据えるなかから創出しようとしていた。

さらに、ベンヤミンの言語哲学は、他のものに呼応して真に何かを語る言葉が生まれる可能性を、近代における言語の分立を踏まえながら、道具化した言語の破壊による言葉の創造のうちに探っていた。つまり、ベンヤミンの思考は、人間が造った仕組みによって生きることがあらゆる方向から締め上げられ、むしり取られる歴史的状況に踏みとどまって、あくまでその内部に、息を通わせる隙間を「瓦礫を縫う道」として見通そうとしたのだ。

息苦しい状況の内部に生存の道筋を切り開こうとするベンヤミンの思考は、生きることを、何ものにも支配されえない息遣いにおいて解き放とうとする哲学である。言葉が情報伝達の手段となる手前でおのずから語り出される、言語の原初的な生成の相への洞察にもとづいて、時の権力者の支配の道具にはけっしてなりえない芸術と歴史の概念を探究する彼の哲学は、死者を含めた他者と呼応する魂の息吹が、おのずから言葉に結晶する回路を切り開こうとしていた。

このような言葉の姿を、繰り返し天使の像に託したベンヤミンは、戦争の世紀の歴史の暴風によって境から境へと追い立てられ、道半ばにして斃れた。しかし、彼が批評的な思考を込めて残した著作と書簡は、息苦しさを増しつつある状況を見通し、その内部に他者とともに生き残る余地を切り開こうとする思考を触発し続けるにちがいない。ベンヤミンの批評の書は、時代の危機に立ち向かいながら言葉を生き、闇のなかを歩み抜こうとする者に、友の足音を響かせ続けるだろう。

ヴァルター・ベンヤミン略年譜

一八九二年　七月十五日、ベルリンのユダヤ人の家庭にヴァルター・ベンヤミン生まれる。父親のエーミールは、美術品の競売所の経営に成功したベルリンで指折りの富豪だった。

一九〇二年　ベルリンのカイザー＝フリードリヒ校のギムナジウムに入学。

一九〇五年　学校への不適応からテューリンゲン地方のハウビンダ田園教育舎に転校。同校の教員だった教育思想家グスタフ・ヴィネケンと出会う。

一九〇七年　カイザー＝フリードリヒ校に復学。ヴィネケンの学校改革の理念を広めるサークルを校内に組織。

一九一二年　大学入学資格試験に合格し、冬学期からフライブルク大学の哲学科で学ぶ。青年運動の組織、自由学生連合の学校改革部門での活動を開始。シオニズムとの接触。

一九一三年　ベルリンへ転学し、青年運動の拠点として「談話室」を友人と運営。十月、ヴィネケンとともに、カッセル郊外のホーエ・マイスナーでの全ドイツの青年運動の集会に参加。『出発』誌に「経験」などを発表。翌年にかけ「青春の形而上学」を執筆。

一九一四年　六月、ベルリンの自由学生連合の議長に選出された際に、講演「学生の生活」を行なう。七月二十八日、第一次世界大戦が勃発。その直後に親友クリストフ・フリードリヒ・ハインレが自殺。

一九一五年　戦争支持を表明したヴィネケンと絶交。ゲルショム・ショーレムとの交友が始まる。ミュンヒェンへ転学。

一九一六年　マルティン・ブーバーからの『ユダヤ人』誌への寄稿依頼を辞退。「言語一般および人間の言語について」や「近代悲劇とギリシア悲劇における言語の意味」などを執筆。

一九一七年　ドーラ・ゾフィー・ケルナーと結婚。ベルンへ転学。「来たるべき哲学のプログラムについて」を執筆。

一九一八年　一人息子のシュテファン・ラファエルが誕生。エルンスト・ブロッホ、フーゴー・バルらと交友。

一九一九年　ベルン大学に博士論文『ドイツ・ロマン主義における芸術批評の概念』を提出し、最優秀の成績で学位を取得。九月から十一月にかけて家族でルガーノに滞在。その間「運命と性格」を執筆。

一九二〇年　三月にベルリンの自宅に帰るが、父親と不和になり、一時家族で友人のエーリヒ・グートキントの許に身を寄せる。博士論文を公刊。

一九二一年　後に彫刻家となるユーラ・コーンと恋愛関係になり、二度にわたりハイデルベルクに滞在。五月末、ミュンヒェンのゴルツ画廊でパウル・クレーの《新しい天使》を購入。ヴァイスバッハ書店から雑誌『新しい天使』を発刊する準備を進めるが、計画

一九二二年　は頓挫。「翻訳者の課題」と「暴力批判論」を執筆。
一九二三年　「ゲーテの『親和力』」が完成。作家フーゴー・フォン・ホーフマンスタールに認められたその原稿は、約二年後に彼の雑誌『新ドイツ論叢』に掲載された。シャルル・ボードレールの詩集『悪の華』より「パリ情景」の独仏対訳版を、「翻訳者の課題」を序に付して公刊。テーオドア・W・アドルノと知り合う。ショーレムはパレスティナへ移住。
一九二四年　四月から十月にかけてカプリ島に滞在。プロレタリア演劇の活動家アーシャ・ラツィスと出会い、彼女と恋愛関係になる。彼女の影響などによりマルクス主義に接近。二人で「ナポリ」を執筆。
一九二五年　『ドイツ悲劇の根源』を、教授資格申請論文としてフランクフルト大学に提出するも理解されず、撤回を余儀なくされる。フランツ・ヘッセルとともにマルセル・プルーストの『失われた時を求めて』の翻訳に着手。新聞への寄稿も始まる。スペインとイタリアの各地のほか、アーシャを訪ねてリガへ旅行。
一九二六年　三月から十月にかけてパリに滞在。十二月から翌年二月初旬までモスクワに滞在。
一九二七年　初めてラジオで講演。半年にわたりパリに滞在し、『パサージュ論』の最初の着想を得る。
一九二八年　『ドイツ悲劇の根源』と『一方通行』を公刊。十二月から翌年一月まで断続的にベルリンでアーシャと同棲。

一九二九年　初夏からベルトルト・ブレヒトとの交友が深まる。九月、ケーニヒシュタインで、アドルノ、マックス・ホルクハイマーと『パサージュ論』の構想をめぐる重要な対話を持つ。「マルセイユ」、「シュルレアリスム」、「プルーストの像について」などを発表。フランクフルトとベルリンで定期的にラジオに出演。

一九三〇年　年初から二月までパリに滞在。パリを訪れたショーレムからヘブライ語を学び、パレスティナへ来るよう強く勧められる。四月二十七日、ドーラとの離婚が成立。北欧を旅行し、その印象にもとづくエッセイを発表。ブレヒトと雑誌『危機と批評』の発刊を計画するが、実現せず。「長編小説の危機」などを発表。

一九三一年　夏から自殺を計画し始める。「写真小史」、「破壊的性格」、「カール・クラウス」などを発表。

一九三二年　年初から「ベルリン年代記」を執筆。四月から六月にかけてイビサ島に滞在。遺書を書くが、自殺の計画は実行には至らず。秋から「ベルリン年代記」を、『一九〇〇年頃のベルリンの幼年時代』に改稿し始める。

一九三三年　三月十七日にナチスが政権を掌握したドイツから亡命し、十九日にパリに到着。四月から十月まで再びイビサ島に滞在。この時期、オランダの画家アンナ・マリー・ブラウポット・テン・カテと恋愛関係にあった。イビサでは「模倣の能力について」、「アゲシラウス・サンタンデル」などを執筆。「経験と貧困」などを発表。

一九三四年　初めて『社会研究』誌に論文「フランスの作家の社会的立場について」を発表。四月にパリのファシズム研究所で講演「生産者としての作家」を行なったとされる。

一九三五年　六月から十月にかけてブレヒトの亡命先スヴェンボリに滞在。十一月からかつての妻ドーラが営むサン・レモの民宿に滞在。「フランツ・カフカ」などを発表。

梗概「パリ――十九世紀の首都」により、『パサージュ論』が社会研究所のプロジェクトに認められる。その草稿執筆が本格化。「技術的複製可能性の時代の芸術作品」の最初の稿が書かれる。

一九三六年　「技術的複製可能性の時代の芸術作品」が、ピエール・クロソウスキーによるフランス語訳で『社会研究』に掲載される。夏に再びスヴェンボリに滞在。デートレフ・ホルツの筆名で『ドイツの人々』をルツェルンから刊行。「物語作家――ニコライ・レスコフの作品についての考察」などを発表。

一九三七年　「エードゥアルト・フックス――蒐集家にして歴史家」が『社会研究』に掲載される。夏はサン・レモに滞在。パリでジョルジュ・バタイユら社会学研究会のメンバーとの交流が始まる。年末から再びサン・レモに滞在し、アドルノと会う。

一九三八年　六月から十月にかけて最後のスヴェンボリ滞在。『パサージュ論』の「ミニアチュア・モデル」をなす『ボードレール――高度資本主義の時代の抒情詩人』の一部として書いた「ボードレールにおける第二帝政期のパリ」が、アドルノにより厳しく批判され、『社会研究』への掲載を拒まれる。

一九三九年　九月一日、第二次世界大戦が勃発。敵性外国人としてヌヴェール近郊の「志願労働者キャンプ」に抑留される。パリの友人とペン・クラブの尽力により、十一月に解放される。「歴史の概念について」の執筆を開始。

一九四〇年 「ボードレールにおけるいくつかのモティーフについて」が『社会研究』に掲載される。ドイツ軍がパリに迫るなか、『パサージュ論』の草稿などを、国立図書館の司書だったバタイユの助力により図書館に隠す。六月十四日のパリ陥落の直前に、妹のドーラとともにパリを脱出し、ルルドに逃れる。ルルドではハンナ・アーレントとも一緒だった。八月にマルセイユでアメリカ合衆国への入国ヴィザを入手するが、フランスからの出国ヴィザが得られなかったため、徒歩でピレネー山脈を越え、非合法にスペインに入ろうと試みる。しかし、ポルボウで強制送還の脅しに遭い、九月二十六日、致死量を超えるモルヒネを嚥んで自殺。

主要参考文献一覧

本書におけるヴァルター・ベンヤミンの著作からの引用の多くは、以下の著作全集にもとづいている。

Walter Benjamin Gesammelte Schriften in sieben Bänden, unter Mitwirkung von Theodor W. Adorno und Gershom Scholem herausgegeben von Rolf Tiedemann und Hermann Schweppenhäuser, Frankfurt am Main: Suhrkamp, 1972–1989.

また、現在ベンヤミンの著作の以下のような批判版全集が刊行されつつあるので、その既刊分に収録されている批判版のテクストから引用した著作もある。

Walter Benjamin Werke und Nachlaß: Kritische Gesamtausgabe, herausgegeben von Christoph Gödde und Henri Lonitz in Zusammenarbeit mit dem Walter Benjamin Archiv, Frankfurt am Main/Berlin: Suhrkamp, 2008-.

訳出に際しては、まず浅井健二郎編訳『ベンヤミン・コレクション』全七巻（筑摩書房、一九九五～二〇一四年）の日本語訳を参考にした。このコレクションで、ベンヤミンの著作の多くに読みやすい日本語で触れることができる。また、主要著作の日本語訳を一冊にまとめたアンソロジーとして、山口裕之編訳『ベンヤミン・アンソロジー』（河出書房新社、二〇一一年）があり、その訳文も参考にした。このほか、精選された著作の翻訳によってベンヤミン像を提示する野村修編訳『ベンヤミンの仕事』全二巻(岩波書店、一九九四年)、初期の著作や断章の翻訳を集成した道籏泰三訳『来たるべき哲学のプログラム』(晶文社、一九九二年)、ボードレール論やこれと『パサージュ論』に関連した草稿の翻訳をまとめた浅井健二郎編訳『パリ論/ボードレール論集成』(筑摩書房、二〇一五年)も参照した。

これらの著作集以外のベンヤミンの主要著作の日本語訳として、以下のものを訳出の参考にした。

『ドイツ・ロマン主義における芸術批評の概念』浅井健二郎訳、筑摩書房、二〇〇一年。

『ドイツ悲劇の根源』(全二巻)浅井健二郎訳、筑摩書房、一九九九年、『ドイツ悲哀劇の根源』岡部仁訳、講談社、二〇〇一年。

『この道、一方通行』細見和之訳、みすず書房、二〇一四年。

『陶酔論』飯吉光夫訳、晶文社、一九九二年。

『ベンヤミン 子どものための文化史』野村修、小寺昭次郎訳、平凡社、二〇〇八年。

『パサージュ論』(全五巻)今村仁司、三島憲一他訳、岩波書店、二〇〇三年。

ベンヤミンの書簡に関しては、以下の書簡全集から引用した。

Walter Benjamin Gesammelte Briefe in sechs Bänden, herausgegeben von Theodor W. Adorno Archiv, Frankfurt am Main: Suhrkamp, 1995–2000.

この書簡全集以前に出ていた二巻本の書簡集(Walter Benjamin, *Briefe in zwei Bänden*, herausgegeben und mit Anmerkungen versehen von Gershom Scholem und Theodor W. Adorno, Frankfurt am

Main: Suhrkamp, 1966)にもとづく日本語訳として、野村修の編集解説および野村他の翻訳による『書簡Ⅰ』と『書簡Ⅱ』(ヴァルター・ベンヤミン著作集第十四、十五巻、晶文社、一九七五年、一九七二年)がある。それ以外に、友人との往復書簡集として以下の三点が出版されており、それぞれに日本語訳がある。これらの訳文も、訳出の際に参照した。

Walter Benjamin / Gershom Scholem Briefwechsel 1933–1940, herausgegeben von Gershom Scholem, Frankfurt am Main: Suhrkamp, 1980. ゲルショム・ショーレム編『ベンヤミン‐ショーレム往復書簡』山本尤訳、法政大学出版局、一九九〇年。

Theodor W. Adorno / Walter Benjamin Briefwechsel 1928–1940, herausgegeben von Henri Lonitz, Frankfurt am Main: Suhrkamp, 1994. アンリ・ローニツ編『ベンヤミン／アドルノ往復書簡』(全二巻)野村修訳、みすず書房、二〇一三年。

Gretel Adorno / Walter Benjamin Briefwechsel 1930–1940, herausgegeben von Christoph Gödde und Henri Lonitz, Frankfurt am Main: Suhrkamp, 2005. クリストフ・ゲッデ、アンリ・ローニツ編『ヴァルター・ベンヤミン／グレーテル・アドルノ往復書簡』伊藤白、三島憲一、鈴木直訳、みすず書房、二〇一七年。

ベンヤミンの評伝として以下のものを、とくに伝記的事項の記述に際して参照した。

Momme Brodersen, *Spinne im eigenen Netz: Walter Benjamin Leben und Werk*, Bühl-Moos: Elster, 1990.

Howard Eiland and Michael W. Jennings, *Walter Benjamin: A Critical Life*, Cambridge: Belknap

Press, 2014.
Lorenz Jäger, *Walter Benjamin: Das Leben eines Unvollendeten*, Berlin: Rowohlt, 2017.
三島憲一『ベンヤミン――破壊・収集・記憶』岩波書店、二〇一九年。
Gershom Scholem, *Walter Benjamin — die Geschichte einer Freundschaft*, Frankfurt am Main: Suhrkamp, 1975. ゲルショム・ショーレム『わが友ベンヤミン』野村修訳、晶文社、一九七八年。
Willem van Reijen und Herman van Doorn, *Aufenthalte und Passagen — Leben und Werk Walter Benjamins: Eine Chronik*, Frankfurt am Main: Suhrkamp, 2001.
ベンヤミンを知る人々の回想の集成も、伝記的事項の確認のために参照した。
Erdmut Wizisla (Hg.), *Begegnungen mit Walter Benjamin*, Leipzig: Lehmstedt, 2015.
個々の著作の成立過程や概要に関しては、以下の資料集を参考にした。
Burkhardt Lindner (Hg.), *Benjamin Handbuch: Leben – Werk – Wirkung*, Stuttgart: Metzler, 2006.
KAWADE 道の手帖『ベンヤミン――救済とアクチュアリティ』河出書房新社、二〇〇六年。

以下、各章で参考にした文献を、著者名のアルファベット順で列挙する。日本語訳があるものに関しては、原書の書誌に続いて日本語訳の書誌を掲げる。一部は複数の章で参照した。言及した文学作品（いずれも日本語訳がある）は割愛した。

プロローグ

Theodor W. Adorno, *Prismen: Kulturkritik und Gesellschaft*, in: *Gesammelte Schriften* Bd. 10.1, Frankfurt am Main: Suhrkamp, 1977. テオドール・W・アドルノ『プリズメン――文化批判と社会』渡辺祐邦、三原弟平訳、筑摩書房、一九九六年。

Hannah Arendt, *Menschen in finsteren Zeiten*, München: Piper, 2012; *Men in Dark Times*, San Diego: Harcourt Brace, 1968. ハンナ・アレント『暗い時代の人々』阿部齊訳、筑摩書房、二〇〇五年。

※英語版からの日本語訳。

Johann Wolfgang von Goethe, *Maximen und Reflexionen*, in: *Goethe Werke Hamburger Ausgabe* Bd. 12, München: Deutscher Taschenbuch Verlag, 2000. ヨハン・ヴォルフガング・フォン・ゲーテ『箴言と省察』岩崎英二郎、関楠生訳、『ゲーテ全集第十三巻』潮出版社、二〇〇三年。

Burkhardt Lindner, »Engel und Zwerg: Benjamins geschichtsphilosophische Rätselfiguren und die Herausforderung des Mythos«, in: Lorenz Jäger und Thomas Regehly (Hgg.), »*Was nie geschrieben wurde, lesen*«: *Frankfurter Benjamin-Vorträge*, Bielefeld: Aisthesis, 1992.

Winfried Menninghaus, *Schwellenkunde: Walter Benjamins Passage des Mythos*, Frankfurt am Main: Suhrkamp, 1986. ヴィンフリート・メニングハウス『敷居学――ベンヤミンの神話のパサージュ』伊藤秀一訳、現代思潮新社、二〇〇〇年。

森田團『ベンヤミン――媒質の哲学』水声社、二〇一一年。

野村修『ベンヤミンの生涯』平凡社、一九九三年。

Gershom Scholem, *Walter Benjamin und sein Engel: Vierzehn Aufsätze und kleine Beiträge*, Frankfurt

am Main: Suhrkamp, 1983. 表題論文の日本語訳は、ゲルショム・ショーレム「ヴァルター・ベンヤミンと彼の天使」丘澤静也訳、『現代思想〈フランクフルト学派――その全体像〉』青土社、一九七五年五月、所収。
杉橋陽一『ユダヤ的想像力の行方――ベンヤミン・アドルノ論集』世界書院、一九九二年。
高橋順一『ヴァルター・ベンヤミン――近代の星座』講談社現代新書、一九九一年。
竹峰義和『〈救済〉のメーディウム――ベンヤミン、アドルノ、クルーゲ』東京大学出版会、二〇一六年。
Manfred Voigts, »Zitat«, in: Michael Opitz und Erdmut Wizisla (Hgg.), *Benjamins Begriffe in 2 Bänden*, Frankfurt am Main: Suhrkamp, 2000.
Sigrid Weigel, *Entstellte Ähnlichkeit: Walter Benjamins theoretische Schreibweise*, Frankfurt am Main: Fischer, 1997.

第Ⅰ章

Christoph Friedrich Heinle, *Lyrik und Prosa*, mit einem Geleitwort von Giorgio Agamben, herausgegeben und mit einem Nachwort versehen von Johannes Steizinger, Berlin: Kadmos, 2016.
平野嘉彦『死のミメーシス――ベンヤミンとゲオルゲ・クライス』岩波書店、二〇一〇年。
今井康雄『ヴァルター・ベンヤミンの教育思想――メディアのなかの教育』世織書房、一九九八年。

マーティン・ジェイ『暴力の屈折——記憶と視覚の力学』谷徹、谷優訳、岩波書店、二〇〇四年。

小林哲也『ベンヤミンにおける「純化」の思考——「アンファング」から「カール・クラウス」まで』水声社、二〇一五年。

三原弟平『ベンヤミンと女たち』青土社、二〇〇三年。

Johannes Steizinger, *Revolte, Eros und Sprache: Walter Benjamins ›Metaphysik der Jugend‹*, Berlin: Kadmos, 2013.

高木昌史『ヘルダーリンと現代』青土社、二〇一四年。

田村栄子『若き教養市民層とナチズム——ドイツ青年・学生運動の思想の社会史』名古屋大学出版会、一九九六年。

Erdmut Wizisla, »›Fritz Heinle war Dichter‹: Walter Benjamin und sein Jugendfreund«, in: Lorenz Jäger und Thomas Regehly (Hgg.), »*Was nie geschrieben wurde, lesen*«: *Frankfurter Benjamin-Vorträge*, Bielefeld: Aisthesis, 1992.

Gustav Wyneken, *Schule und Jugendkultur*, 4. Auflage (1. Auflage: 1913), Jena: Diederichs, 1928.

インテルメッツォI

Johann Konrad Eberlein, »*Angelus Novus*«: *Paul Klees Bild und Walter Benjamins Deutung*, Freiburg im Breisgau: Rombach, 2006.
Paul Klee, *Gedichte*, herausgegeben von Felix Klee, Hamburg: Arche, 1996.『クレーの詩』高橋文子

訳、平凡社、二〇〇四年。
河本真理『切断の時代――二〇世紀におけるコラージュの美学と歴史』ブリュッケ、二〇〇七年。
Paul Klee: L'ironie à l'œuvre, sous la direction d'Angela Lampe, Paris: Éditions du Centre Pompidou, 2016.
Reto Sorg, »Der Engel der Engel: Zu Paul Klees Angelus novus«, in: Zentrum Paul Klee, Bern (Hg.), *Paul Klee: Die Engel*, Ostfildern: Hatje Cantz, 2012.

第二章

Hannah Arendt, *Vita activa: oder Vom tätigen Leben*, München: Piper, 1981. ハンナ・アーレント『活動的生』森一郎訳、みすず書房、二〇一五年。
エミール・バンヴェニスト『一般言語学の諸問題』岸本通夫監訳、みすず書房、一九八三年。
Jacques Derrida, *De la grammatologie*, Paris: Minuit, 1967. ジャック・デリダ『根源の彼方に――グラマトロジーについて』(全二巻)足立和浩訳、現代思潮社、一九八四年。
Idem, *Le monolinguisme de l'autre: ou la prothèse d'origine*, Paris: Galilée, 1996. 同著『たった一つの、私のものではない言葉――他者の単一言語使用』守中高明訳、岩波書店、二〇〇一年。
Astrid Deuber-Mankowsky, *Der frühe Walter Benjamin und Hermann Cohen: Jüdische Werte, kritische Philosophie, vergängliche Erfahrung*, Berlin: Vorwerk 8, 2000.
Max Horkheimer und Theodor W. Adorno, *Dialektik der Aufklärung: Philosophische Fragmente*, in:

Gesammelte Schriften Bd. 3, Frankfurt am Main: Suhrkamp, 1981. マックス・ホルクハイマー、テオドール・W・アドルノ『啓蒙の弁証法——哲学的断想』徳永恂訳、岩波書店、二〇〇七年。

細見和之『ベンヤミン「言語一般および人間の言語について」を読む——言葉と語りえぬもの』岩波書店、二〇〇九年。

市村弘正『[増補]「名づけ」の精神史』平凡社、一九九六年。

Gustav Landauer, *Aufruf zum Sozialismus*, Berlin: Hofenberg, 2017. グスタフ・ランダウアー『自治‐協同社会宣言——社会主義への呼びかけ』寺尾佐樹子訳、同時代社、二〇一五年。

イ・ヨンスク『「国語」という思想——近代日本の言語認識』岩波書店、一九九六年。

Bettine Menke, *Sprachfiguren: Name – Allegorie – Bild nach Benjamin*, Weimar: Verlag und Datenbank für Geisteswissenschaften, 2001.

Winfried Menninghaus, *Walter Benjamins Theorie der Sprachmagie*, Frankfurt am Main: Suhrkamp, 1995.

Novalis, »Monolog«, in: *Novalis Schriften* Bd. 2, München: Hanser, 1978.『ノヴァーリス作品集 第一巻——サイスの弟子たち・断章』今泉文子訳、筑摩書房、二〇〇六年、所収。

Franz Rosenzweig, *Der Stern der Erlösung*, Frankfurt am Main: Suhrkamp, 1988. フランツ・ローゼンツヴァイク『救済の星』村岡晋一、細見和之、小須田健訳、みすず書房、二〇〇九年。

酒井直樹『日本思想という問題——翻訳と主体』岩波書店、一九九七年。

第三章

Theodor W. Adorno, *Moments musicaux: Neu gedruckte Aufsätze 1928–1962*, in: *Gesammelte Schriften* Bd. 17, 1982. Th・W・アドルノ『楽興の時』三光長治、川村二郎訳、白水社、一九九四年。

Idem, »Die Aktualität der Philosophie«, in: *Gesammelte Schriften* Bd. 1, 1973. 同著「哲学のアクチュアリティ」、『哲学のアクチュアリティ――初期論集』細見和之訳、みすず書房、二〇一一年。

Idem, *Kierkegaard: Konstruktion des Ästhetischen*, in: *Gesammelte Schriften* Bd. 2, 1979. 同著『キルケゴール――美的なものの構築』山本泰生訳、みすず書房、一九九八年。

Jacques Derrida, *Force de loi: Le «fondement mystique de l'autorité»*, Paris: Galilée, 1994. J・デリダ『法の力』堅田研一訳、法政大学出版局、一九九九年。

Achim Geisenhanslücke, *Trauer-Spiele: Walter Benjamin und das europäische Barockdrama*, München: Fink, 2016.

Michael W. Jennings, *Dialectical Images: Walter Benjamin's Theory of Literary Criticism*, Ithaca: Cornell University Press, 1987.

レイモンド・クリバンスキー、アーウィン・パノフスキー、フリッツ・ザクスル『土星とメランコリー――自然哲学、宗教、芸術の歴史における研究』田中英道監訳、晶文社、一九九一年。

ローザ・ルクセンブルク『獄中からの手紙』秋元寿恵夫訳、岩波書店、一九八二年。

Bettine Menke, *Das Trauerspiel-Buch: Der Souverän – das Trauerspiel – Konstellation – Ruinen*, Bielefeld: Transcript, 2010.

佐藤貴史『フランツ・ローゼンツヴァイク――〈新しい思考〉の誕生』知泉書館、二〇一〇年。

村上真樹『美の中断――ベンヤミンによる仮象批判』晃洋書房、二〇一四年。

三原弟平『思想家たちの友情――アドルノとベンヤミン』白水社、二〇〇〇年。

道籏泰三『ベンヤミン解読』白水社、一九九七年。

第四章

Roland Barthes, *La chambre claire: Note sur la photographie*, Paris: Gallimard, 1980. ロラン・バルト『明るい部屋――写真についての覚書』花輪光訳、みすず書房、一九八五年。
アンドレ・ブルトン『シュルレアリスム宣言、溶ける魚』巖谷國士訳、岩波書店、一九九二年。
ヴィルヘルム・エムリッヒ『アレゴリーとしての文学――バロック期のドイツ』道籏泰三訳、平凡社、一九九三年。
Josef Fürnkäs, *Surrealismus als Erkenntnis: Walter Benjamin — Weimarer Einbahnstraße und Pariser Passagen*, Stuttgart: Metzler, 1988.
Miriam Bratu Hansen, *Cinema and Experience: Siegfried Kracauer, Walter Benjamin, and Theodor W. Adorno*, Berkeley: University of California Press, 2012. ミリアム・ブラトゥ・ハンセン『映画と経験――クラカウアー、ベンヤミン、アドルノ』竹峰義和、滝浪佑紀訳、法政大学出版局、二〇一七年。
岩淵達治『ブレヒト』紀伊國屋書店、一九六六年。

カール・クラウス『黒魔術による世界の没落』山口裕之、河野英二訳、現代思潮新社、二〇〇八年。

道籏泰三『堕ちゆく者たちの反転――ベンヤミンの「非人間」によせて』岩波書店、二〇一五年。

中村秀之『瓦礫の天使たち――ベンヤミンから〈映画〉の見果てぬ夢へ』せりか書房、二〇一〇年。

野村修『スヴェンボルの対話――ブレヒト・コルシュ・ベンヤミン』平凡社、一九七一年。

多木浩二『ベンヤミン「複製技術時代の芸術作品」精読』岩波書店、二〇〇〇年。

田中純『過去に触れる――歴史経験・写真・サスペンス』羽鳥書店、二〇一六年。

Erdmut Wizisla, *Benjamin und Brecht: Die Geschichte einer Freundschaft*, Frankfurt am Main: Suhrkamp, 2004.

山口裕之『ベンヤミンのアレゴリー的思考』人文書院、二〇〇三年。

インテルメッツォⅡ

Hannah Arendt / Heinrich Blücher Briefe 1936–1968, herausgegeben von Lotte Köhler, München: Piper, 1968. ロッテ・ケーラー編『アーレント＝ブリュッヒャー往復書簡 1936–1968』大島かおり、初見基訳、みすず書房、二〇一四年。
Detlev Schöttker und Erdmut Wizisla (Hgg.), *Arendt und Benjamin: Texte, Briefe, Dokumente*, Frankfurt am Main: Suhrkamp, 2006.
矢野久美子『ハンナ・アーレント――「戦争の世紀」を生きた政治哲学者』中央公論新社、二〇一四年。

Elisabeth Young-Bruehl, *Hannah Arendt, For Love of the World*, New Haven: Yale University Press, 1982. エリザベス・ヤング＝ブルーエル『ハンナ・アーレント伝』荒川幾男他訳、晶文社、一九九九年。

第五章

Ernst Bloch, *Geist der Utopie* Erste Fassung: Faksimile der Ausgabe von 1918, *Werkausgabe* Bd. 16, Frankfurt am Main: Suhrkamp, 1985. 第二版（一九二三年）の改訂新版からの日本語訳は、エルンスト・ブロッホ『ユートピアの精神』好村冨士彦訳、白水社、一九九七年。

Sigmund Freud, *Gesammelte Werke* Bd. 13: *Jenseits des Lustprinzips / Massenpsychologie und Ich-Analyse / Das Ich und das Es*, Frankfurt am Main: Fischer, 1998.「快原理の彼岸」の日本語訳は、竹田青嗣編『自我論集』中山元訳、筑摩書房、一九九六年、所収。

藤田省三『全体主義の時代経験』みすず書房、一九九五年。

Caroline Heinrich, *Grundriss zu einer Philosophie der Opfer der Geschichte*, Wien: Passagen, 2004.

鹿島茂『パリのパサージュ――過ぎ去った夢の痕跡』平凡社、二〇〇八年。

鹿島徹訳・評注『ヴァルター・ベンヤミン「歴史の概念について」』未來社、二〇一五年。

好村冨士彦『遊歩者の視線――ベンヤミンを読む』日本放送出版協会、二〇〇〇年。

Ralf Konersmann, *Erstarrte Unruhe: Walter Benjamins Begriff der Geschichte*, Frankfurt am Main: Fischer, 1991.

Gustav Landauer, *Die Revolution*, Textkritische Ausgabe der Erstauflage, Bodenburg: Edition AV, 2017. G・ランダウアー『レボルツィオーン――再生の歴史哲学』大窪一志訳、同時代社、二〇〇四年。
Susan Buck-Morss, *The Dialectics of Seeing: Walter Benjamin and the Arcade Project*, Cambridge and London: The MIT Press, 1989. スーザン・バック゠モース『ベンヤミンとパサージュ論――見ることの弁証法』高井宏子訳、勁草書房、二〇一四年。
Stéphane Mosès, *Der Engel der Geschichte: Franz Rosenzweig, Walter Benjamin, Gershom Scholem*, Frankfurt am Main: Jüdischer Verlag, 1994. フランス語原書(*L'ange de l'histoire*, Paris: Seuil, 1992)からの日本語訳は、ステファヌ・モーゼス『歴史の天使』合田正人訳、法政大学出版局、二〇〇三年。
小田智敏「E・ブロッホとベンヤミン――Eingedenkenをめぐって」、日本独文学会編『ドイツ文学』第一〇六号、二〇〇一年。
Rolf Tiedemann, *Mystik und Aufklärung: Studien zur Philosophie Walter Benjamins*, München: edition text + kritik, 2002. ここに収録された『パサージュ論』の編者による緒言の日本語訳は、「『パサージュ論』を読むために」の表題で『パサージュ論』日本語版の第五巻(岩波書店、二〇〇三年)に収められている。
徳永恂『現代思想の断層――「神なき時代」の模索』岩波書店、二〇〇九年。
Thomas Weber, »Erinnern«, in: Michael Opitz und Erdmut Wizisla(Hgg.), *Benjamins Begriffe in 2*

Bänden, Frankfurt am Main: Suhrkamp, 2000.
Irving Wohlfarth, »›Immer radikal, niemals konsequent ...‹: *Zur theologisch-politischen Standortbestimmung Walter Benjamins*«, in: Norbert Bolz und Richard Faber (Hgg.), *Antike und Moderne: Zu Walter Benjamins »Passagen«*, Würzburg: Königshausen und Neumann, 1986.

エピローグ

Glückloser Engel: Dichtungen zu Walter Benjamin, zusammengestellt von Erdmut Wizisla und Michael Opitz, Frankfurt am Main: Insel, 1992.
Lisa Fittko, *Mein Weg über Pyränen: Erinnerungen 1940/41*, München: Hanser, 1985. リーザ・フィトコ『ベンヤミンの黒い鞄——亡命の記録』野村美紀子訳、晶文社、一九九三年。
Uwe-Karsten Heye, *Die Benjamins: Eine deutsche Familie*, Berlin: Aufbau, 2014.
ダニ・カラヴァン『大地との共鳴／環境との対話』朝日新聞社、一九九七年。
長田弘『アウシュヴィッツへの旅』中央公論社、一九七三年。
シャルル・ペギー『クリオ——歴史と異教的魂の対話』宮林寛訳、河出書房新社、二〇一九年。
Ingrid Scheurmann, *Neue Dokumente zum Tode Walter Benjamins*, Bonn: AsKI e.V., 1992.
マイケル・タウシグ『ヴァルター・ベンヤミンの墓標』金子遊、井上里、水野友美子訳、水声社、二〇一六年。

あとがき

今、ベンヤミンを読むとはどういうことだろうか。十九世紀末に生まれ、二十世紀の前半に多才な文筆家として活動したユダヤ人思想家ヴァルター・ベンヤミン。その生涯を描くとともに思考の歩みを跡づける本書を準備するなかで、絶えず脳裡に浮かんでいたのは、この問いである。それに少しでも答えようともがくなかで、本書の焦点が絞られていった。

ベンヤミンが残した思考の足跡を二十一世紀に辿るとは、彼の言葉を引用する身ぶりが時にそうであったように、そこに問いの答えを求めることではない。彼の言葉に答えを見るなら、それは一種の文化財に石化し、何も語らなくなってしまう。ベンヤミンを読むとはむしろ、彼の思考の軌跡から、今あらためて提起されうる問いを読み取ることであろう。こうして著述の内実に分け入る解読によってこそ、彼の言葉は再び語り始め、思考を喚起するにちがいない。

では、ベンヤミンの著述から、どのような問いが読み取られうるだろうか。本書は、言語、芸術、そして歴史への問いを彼の書から取り出すとともに、これらへの問いが、著述活動の初期から彼の思考を貫いていることを示そうとする試みである。ただし、それはあくまで、本書の読者がベンヤミンの著述を自身で繙《ひもと》く際の補助線を提示するものにすぎない。

とはいえ、そのためにもベンヤミンの問いの徹底性に少しでも迫る必要があった。彼の問いがラディカルなのは、まず問いが、言語、芸術、そして歴史の本質へ差し向けられているからである。これらの事柄を、通念を覆すまでに掘り下げる道筋を開いている点でも、彼の問いはラディカルと言える。しかも、その際に問いは、生そのものへも向かっている。

つまり、ベンヤミンの思考は、そのような徹底的な問いを提起しながら、他者とのあいだで言葉を発して生きることを見つめ直させるのだ。あるいは、芸術に関わる美的な経験が、作品を媒体として生を刷新することへの展望を開こうともしている。さらに彼は、支配的な歴史によって抑圧された過去の側から、歴史を見返して生きる道筋も探っている。こうして生きることをその可能性へ向けて根底から問う点において、彼の思考は優れて哲学的である。

ベンヤミンの哲学は、伝達の手段とはなりえないかたちで、言語がじかに言葉となって表われる次元を、「媒体」の概念で浮き彫りにしている。また、彼が生きた時代にはファシズムの推進者でもあった、時の権力者の支配の道具にはけっしてなりえない芸術と歴史の概念を提示しようとしているのも、彼の哲学の重要な特徴である。

このように、ベンヤミンの哲学的な思考は、何かの手段にはなりえないかたちで、個々の生が、他の生あるものに呼応するなかでおのずから創造される次元へ向かっている。本書の枠内ではこの点に踏み込むことはできなかったが、ここには根源的な自由がある。そして、この自由こそ、青年運動に関わっていた頃から一貫して、彼の思考の隠れた主題だった。そのことを暗示する意味も込めて、思考の原風景を開く「青春の形而上学」の紹介に紙幅を割いた。

ただし、ベンヤミンの思考が哲学的なのは、アドルノが述べているように、「反哲学としての哲学」という意味においてである。少なくとも、上空飛行的な視点から論理を駆使することで、結局は現存の規範や通念を上書きするだけの「哲学」の対極にある思考を、ベンヤミンは繰り広げている。むしろ彼の思考は、地上に踏みとどまって、同時代の絶望的な状況の内部に、自由な生の余地を切り開こうとしている。その意味で、彼の思考は歴史と対峙し続けた。

そのような思考の内実について、ベンヤミンは、未完に終わった『パサージュ論』のための覚え書きの一つで、「母親の服の裾にしがみついていた頃に顔を埋《うず》めていた、古い衣の襞《ひだ》のうちに見いだすもの」を含むべきだと述べている。長じてこれを再発見するような想起の経験は、『一九〇〇年頃のベルリンの幼年時代』を構成する散文を紡ぎ出す一方で、過去の一点から歴史を、とりわけ世界戦争の破局的な状況に立ち至った近代を見通す認識に結晶するはずだった。

このとき、「衣の襞」には時が折りたたまれている。現在と過去が衝突するように出会うなか、布の肌理《きめ》に忘れられたものの記憶が浮かびつつあるのだ。その瞬間を捉えることによって、歴史的な過程のなかで潰えるほかなかった希望を救い出し、あらゆる希望が虚妄と化す時代を見通そうとする思考。これをベンヤミンは、「批評」と考えていた。彼の批評の立場が、親友ハインレの自死を心に刻むなかから表明されたことは、ここであらためて銘記しておきたい。批評としての思考は、闇のなかを瓦礫を掻き分けながら、そして絶えず立ち止まりながら歩く。その地を這う眼差しは、ベンヤミンにとって、「せむしの小人のためにも」祈るものだった。彼はまた、瓦礫のなかに沈もうとしている「忘れがたい」生の記憶を甦らせる言葉——主に散文の形式で書き表わされる言葉——を、「天使」の像で寓意的に表わしてもいた。

批評の言葉を生きたベンヤミンの思考の足跡——それは書のかたちで刻まれている——を、彼の生涯のなかに浮かび上がらせようとする本書は、ある面では彼が生きた時代よりも深まった現在の闇に、読者自身が立ち向かう思考の契機となるべく差し出されている。息苦しい闇のなかに、死者を置き去りにすることなく生き、他者と息を通わせる隙間を切り開く思考への誘い。本書は、これがベンヤミンが書き残した言葉に含まれていることを示そうとしている。

それゆえ本書は、読者をベンヤミン自身の著述を読むことへ誘うものとして書かれている。それを手に取ることができるよう、参考文献一覧には、彼の著作および書簡の集成の書誌とともに、主要著作や友人との往復書簡の日本語訳の書誌も掲げた。なお、本書におけるベンヤミンの著述からの引用は、原典から新たに訳出したものだが、その際、一覧に挙げた翻訳を参考にした。研究の礎を築くとともに、彼の言葉を幅広い読者層に届けた訳業に感謝申し上げる。

それから、ベンヤミンが同時代の状況と斬り結ぶなかで自身の問いを深めていったことを描き出すため、本書は伝記的な記述にも紙幅を割いている。ただし、彼の思考の焦点を浮かび上がらせることを重視したため、叙述は必ずしも時系列に沿っていない。もし伝記を辿りにくく感じることがあれば、略年譜と照らし合わせていただけると幸いである。

本書は、『哲学の歴史』第十巻（中央公論新社、二〇〇八年）の「ベンヤミン」の章を執筆してから、『ベンヤミンの言語哲学――翻訳としての言語、想起からの歴史』（平凡社、二〇一四年）の刊行を経て、『思想』誌のベンヤミン特集に論文「抑圧された者たちの伝統とは何か――ベンヤミンの歴史哲学における歴史の構成と伝統」（二〇一八年七月）を寄稿するまでの約十年のあいだ、ベンヤミンの思想について書き継いできたことを下敷きに書き下ろされた。彼の言語哲学と歴史哲学を軸とする研究にもとづいて書かれているため、本書が提示するベンヤミン像から脱け落ちている彼の側面――都市の遊歩者としての側面など――があることも承知している。

それでもなお、現代に生きる者が、時代の闇を死者の記憶とともに歩むことへ向けた問いの契機となりうる思考を、書としての言葉において突き詰めるところに、今に伝えられうるベンヤミンの本分があると考えて、本書をまとめた。闇を歩く批評を貫いた彼の姿を描く本書が、彼が遺した書へ読者を導くとすれば、著者にとってこれ以上の幸いはない。

今、ベンヤミンを読むとは、彼の思考から問いを受け継ぎながら、歴史のなかで言葉を生きることへの問いを掘り下げることであろう。このことを伝えようとする本書は、二〇一六年四月から翌年二月にかけてベルリンに研究滞在した経験がなければ、書くことはできなかった。これを可能にしてくれた広島市立大学国際学部の同僚と、当時ベルリン自由大学哲学科教授だったジュビレ・クレーマーさんに感謝申し上げる。その期間に研究を支えてくれたベルリン芸術アカデミーのヴァルター・ベンヤミン・アルヒーフには、図版に関してもお世話になった。

ベルリンでの研究滞在のあいだに、ポンピドゥー・センターでのクレー展を機にパリを訪れ、彼の作品と向き合い、その前後に当地のパサージュを巡った経験も、本書の叙述に影を落としている。二〇一六年のベンヤミンの命日を、客死の地ポルボウで過ごしたことは忘れがたい。

本書の執筆へ向けて、岩波新書編集部の中山永基さんから声を掛けていただいたのは、ベルリンから広島に戻って三か月ほど経った頃のことだった。一年足らずの準備期間を経て、執筆が本格的に始まってからは、なかなか思うように書き進められなかったが、こうして本書を世に送ることができるのは、中山さんの細やかなサポートのおかげである。ご厚意とご尽力に心から感謝申し上げる。この間、執筆を支えてくれた家族にも感謝している。

二〇一九年七月十五日、広島にて

柿木伸之

柿木伸之

1970年鹿児島市生まれ．上智大学文学部哲学科卒業．上智大学大学院哲学研究科哲学専攻満期退学．博士(哲学)．上智大学文学部哲学科助手，広島市立大学国際学部准教授などを経て
現在―広島市立大学国際学部教授
専門―ドイツ語圏の近・現代の哲学と美学
著書―『ベンヤミンの言語哲学――翻訳としての言語，想起からの歴史』(平凡社，2014年)
『パット剝ギトッテシマッタ後の世界へ――ヒロシマを想起する思考』(インパクト出版会，2015年)など
訳書―『細川俊夫 音楽を語る――静寂と音響，影と光』(アルテスパブリッシング，2016年)，テオドール・W・アドルノ『自律への教育』(共訳，中央公論新社，2011年)など

ヴァルター・ベンヤミン
――闇を歩く批評
岩波新書(新赤版)1797

2019年9月20日　第1刷発行

著　者　柿《かき》木《ぎ》伸之《のぶゆき》

発行者　岡本　厚

発行所　株式会社 岩波書店
〒101-8002 東京都千代田区一ツ橋2-5-5
案内 03-5210-4000　営業部 03-5210-4111
https://www.iwanami.co.jp/

新書編集部 03-5210-4054
http://www.iwanamishinsho.com/

印刷・精興社　カバー・半七印刷　製本・中永製本

ISBN 978-4-00-431797-5　　Printed in Japan

岩波新書新赤版一〇〇〇点に際して

ひとつの時代が終わったと言われて久しい。だが、その先にいかなる時代を展望するのか、私たちはその輪郭すら描きえていない。二〇世紀から持ち越した課題の多くは、未だ解決の緒を見つけることのできないままであり、二一世紀が新たに招きよせた問題も少なくない。グローバル資本主義の浸透、憎悪の連鎖、暴力の応酬——世界は混沌として深い不安の只中にある。

現代社会においては変化が常態となり、速さと新しさに絶対的な価値が与えられた。消費社会の深化と情報技術の革命は、種々の境界を無くし、人々の生活やコミュニケーションの様式を根底から変容させてきた。ライフスタイルは多様化し、一面では個人の生き方をそれぞれが選びとる時代が始まっている。同時に、新たな格差が生まれ、様々な次元での亀裂や分断が深まっている。社会や歴史に対する意識が揺らぎ、普遍的な理念に対する根本的な懐疑や、現実を変えることへの無力感がひそかに根を張りつつある。そして生きることに誰もが困難を覚える時代が到来している。

しかし、日常生活のそれぞれの場で、自由と民主主義を獲得し実践することを通じて、私たち自身がそうした閉塞を乗り超え、希望の時代の幕開けを告げてゆくことは不可能ではあるまい。そのために、いま求められていること——それは、個と個の間で開かれた対話を積み重ねながら、人間らしく生きることの条件について一人ひとりが粘り強く思考することではないか。その営みの糧となるものが、教養に外ならないと私たちは考える。歴史とは何か、よく生きるとはいかなることか、世界そして人間はどこへ向かうべきなのか——こうした根源的な問いとの格闘が、文化と知の厚みを作り出し、個人と社会を支える基盤としての教養となった。まさにそのような教養への道案内こそ、岩波新書が創刊以来、追求してきたことである。

岩波新書は、日中戦争下の一九三八年一一月に赤版として創刊された。創刊の辞は、道義の精神に則らない日本の行動を憂慮し、批判的精神と良心的行動の欠如を戒めつつ、現代人の現代的教養を刊行の目的とする、と謳っている。以後、青版、黄版、新赤版と装いを改めながら、合計二五〇〇点余りを世に問うてきた。そして、いままた新赤版が一〇〇〇点を迎えたのを機に、人間の理性と良心への信頼を再確認し、それに裏打ちされた文化を培っていく決意を込めて、新しい装丁のもとに再出発したいと思う。一冊一冊から吹き出す新風が一人でも多くの読者の許に届くこと、そして希望ある時代への想像力を豊かにかき立てることを切に願う。

（二〇〇六年四月）